CAROL DIAS

CAIU NA REDE

1ª Edição

2022

Direção Editorial: Anastacia Cabo
Preparação de texto: Fernanda C. F de Jesus
Ícones de diagramação: gstudioimagen/Freepik
Revisão Final: Equipe The Gift Box
Diagramação e arte de capa: Carol Dias

Copyright © Carol Dias, 2022
Copyright © The Gift Box, 2022

Todos os direitos reservados.
Nenhuma parte do conteúdo desse livro poderá ser reproduzida em qualquer meio ou forma – impresso, digital, áudio ou visual – sem a expressa autorização da editora sob penas criminais e ações civis.
Esta é uma obra de ficção. Nomes, personagens, lugares e acontecimentos descritos são produtos da imaginação da autora. Qualquer semelhança com nomes, datas ou acontecimentos reais é mera coincidência.

Este livro segue as regras da Nova Ortografia da Língua Portuguesa.

CIP-BRASIL. CATALOGAÇÃO NA PUBLICAÇÃO
SINDICATO NACIONAL DOS EDITORES DE LIVROS, RJ
Gabriela Faray Ferreira Lopes - Bibliotecária - CRB-7/6643

D531c

Dias, Carol
   Caiu na rede / Carol Dias. - 1. ed. - Rio de Janeiro : The Gift Box, 2022.
   160 p.

   ISBN 978-65-5636-198-7.

   1. Romance brasileiro. I. Título.

22-79867   CDD: 869.3
                  CDU: 82-93(81)

*Para o meu tio Marcelo.
Cada grito de gol que ouvi lá de casa me fez ser mais flamenguista e mais apaixonada por esportes. Obrigada pelo homem que o senhor foi.*

NOTA DA AUTORA

Escrevi este livro de ficção com base no que acompanho de futebol e em pesquisas. Algumas das informações presentes aqui foram adaptadas para caber no enredo, algumas simplesmente porque não estavam disponíveis. Nomes de personagens, locais e instituições foram alterados, para que não houvesse confusão com pessoas reais.

Alguns dos personagens foram batizados com os nomes de grandes craques do meu time do coração, mas nada tem a ver com os atletas reais.

Aproveite a leitura!

CAROL DIAS

GLOSSÁRIO

Data Fifa: dias de jogos oficiais das seleções, em que os clubes são obrigados a liberar os atletas para defenderem a seleção brasileira. Em jogos que não são "Data Fifa", os clubes de futebol podem escolher se liberam ou não.

ABF: Associação Brasileira de Futebol, responsável por comandar o esporte no Brasil.

Granja Conaly: local fictício, onde as seleções de futebol deste livro treinam.

Seleção olímpica: a seleção que disputa as Olimpíadas. Os atletas convocados precisam ter no máximo 23 anos. Apenas três jogadores acima dos 24 anos podem integrar o grupo.

CT: centro de treinamento.

DRIBLE.

Jogada em que o atleta tenta desnortear o adversário, com um movimento de corpo, seja desviando ou enganando de alguma forma.

Também chamado de finta ou dibre.

LAURA

PRIMEIRO

LAURA, NOSSA MILAGREIRA

19 de dezembro de 2021.

— Entramos no último minuto do segundo tempo. O time do Santos tenta, mas o placar parece impossível de ser revertido. As meninas do Bastião conseguem um feito histórico e se aproximam do primeiro grande título da equipe feminina, depois de um ano de 2021 muito difícil, com muitas lesões. A juíza olha o relógio, vai terminar o jogo. A equipe do Bastião vence por 3x1, gols de Fabi, Bárbara e Guta. Aponta o centro de campo. É fim de jogo! Bastião é campeão da Ladies Cup!

Quando o relógio marcou o final da partida e nossa vitória foi confirmada por 3x1, eu caí de joelhos e agradeci a Deus pelo momento. O jogo de hoje, pelo placar, até pareceu ter sido fácil, mas a tensão estava enorme e Arthur fez malabarismos para manter as jogadoras focadas. Estava empatado até os 38 do segundo tempo, quando Bárbara marcou o segundo e, dois minutos depois, Guta fez o terceiro. Ainda assim, o alívio não veio.

Mas esse foi o clima de todo o nosso ano no futebol: muita, muita luta até chegar à glória. Nossa comissão técnica chegou ao time no meio da temporada, com diversas jogadoras no departamento médico e lesões bem complicadas. Não vencemos nada! Nem o Campeonato Carioca, que foi parar nas mãos do Flamengo, nem o Campeonato Brasileiro. Na verdade, não conseguimos nem passar para a segunda fase do Brasileirão, por um ponto. Mas a recuperação nos últimos jogos, quando conseguimos trazer as jogadoras de volta, mostrou que nossa equipe poderia ir mais à frente. E isso se concretizou na Ladies Cup.

Para 2022, nosso elenco será reforçado, mas coroar essas meninas com um troféu no fim do ano era muito importante. Inesperadamente, senti um corpo se chocar contra o meu, enquanto ainda estava de joelhos, agradecendo aos céus pela oportunidade. Abri os olhos, vendo Guta.

Ela foi um caso muito difícil. Quando chegamos, estava tratando de uma lesão que a afastou dos gramados por quatro meses. Ficamos mais dois se recuperando e, no jogo do seu retorno, ela sofreu uma entrada dura de outra jogadora, que a afastou por mais dois meses do esporte. Estive ao lado dela em cada passo, cuidando de sua transição para o campo, malhando com ela na academia e ouvindo seus medos. Felizmente, Guta conseguiu estar pronta para a competição e voou em todos os jogos.

O gol na final foi apenas a cereja do bolo.

— Obrigada, obrigada, obrigada! — falou repetidas vezes. — Obrigada por acreditar em mim, por não desistir. Obrigada por me colocar para jogar esse campeonato.

Alguém puxou Guta de cima de mim e me levou junto.

— Puta que pariu! — gritou Helô, outra jogadora que acompanhei de perto. — Levanta ela! Levanta! É a melhor preparadora do Brasil!

Com isso, fui jogada para cima. A celebração durou um bom tempo no campo, com as garotas completamente enlouquecidas, mas não terminou. Fomos para o vestiário e lá a comemoração continuou. Abraços foram trocados, além de choro, lágrimas e gritos. Depois de mais de uma hora, as meninas estavam prontas para pegar o voo de volta para casa.

— Antes de irmos, gostaria de fazer um breve discurso — começou Arthur, o técnico, na roda de oração. — É apenas para agradecer a todo o esforço que cada um aqui fez para que esse projeto saísse vitorioso. A disposição de cada atleta, a entrega, a garra... Vocês foram incríveis! E tenho que estender os agradecimentos aos profissionais que trabalham comigo também. Sérgio, Henrique... É muito bom trabalhar com vocês. Mas, sendo homem em meio ao futebol feminino, o que eu mais quero é ver cada uma de vocês, mulheres, brilhar. E eu fico muito feliz porque, neste fim de temporada, foi exatamente o que aconteceu. Vocês mostraram, com muito trabalho, o potencial que este grupo tem e que podemos ir muito mais longe no próximo ano. Eu confio, eu acredito em cada uma. E estou orgulhoso de ver aonde estamos chegando.

As meninas gritaram, reconhecendo nosso trabalho. Ele parou para esperar a celebração antes de prosseguir:

— Foi incrível ver do que vocês são capazes. Thaeme, nossa nutricionista. Rosângela, nossa médica. Helen, nossa auxiliar técnica. E, claro, Laura, nossa milagreira. Porque o que você fez na preparação física dessas meninas foi de outro planeta. É o momendo de te parabenizar e agradecer, porque você vai muito longe, garota. — Ele apertou meu ombro, para enfatizar, e continuou, se dirigindo ao grupo: — E é uma honra ter cada uma na equipe. Sou um homem de muita sorte por treinar o time feminino do Bastião. Se mais alguém quiser dizer algo, a hora é esta.

Mais uma rodada de discursos foi feita e, honestamente, eu não tinha mais o que adicionar. Então, quando chegou a minha vez, só disse:

— Obrigada pela oportunidade de viver este momento com vocês... — E as lágrimas começaram a nublar minha visão. Sabendo que não conseguiria dizer mais nada, só finalizei: — Vamos rezar.

Reunimos nossas coisas logo em seguida para ir ao aeroporto. Sentada, já no avião, abri o tablet para trabalhar nas últimas pendências do ano. Normalmente, o voo é meu momento de finalizar o trabalho, para ter momentos de descanso e paz quando chego do centro de treinamento. Ou CT, para os mais íntimos. Teríamos férias em breve, já que as jogadoras também descansariam, mas eu tinha que entregar um plano de treinamento para as férias delas. Algo tranquilo, que elas se comprometessem a fazer mesmo em seu período de descanso, mas que permitiria que voltassem em boa forma física. Antes mesmo que eu abrisse a pasta onde as planilhas para as atletas de linha estavam, recebi uma ligação do meu pai. E como o avião subiria em breve, decidi atender.

— Filha, acabei de ver seu jogo. Parabéns. Vocês mereceram demais.

Sorri, imaginando Leonardo Caxias sentado no sofá de casa, vestindo a camisa do Bastião, com a pranchetinha ao lado. Certamente, ele fez anotações com sugestões para repassar ao seu amigo Arthur sobre o jogo.

Essa não era uma cena muito comum, porque meu pai frequentemente estava voando para jogos com sua equipe quando meus times entravam em campo. Mas desde que pediu demissão, no final da temporada de 2020, que só se encerrou no início de 2021, por conta da Covid-19, papai passava bastante tempo em casa. Ele tirou aquele tempo para estudar, descansar e ficar com a minha mãe. Todos o acharam louco por parar no auge da carreira, sendo cogitado para substituir o técnico da Seleção Brasileira. Porém, meus pais quase se separaram na pandemia, e ele sabia que precisava dar esse tempo a ela se não quisesse perder a amada. A história de amor deles é muito inspiradora para mim, e espero viver um amor como esse algum dia.

Mas, enfim, desde que tirou esse período para estar com ela, meu pai adquiriu o hábito de assistir aos meus jogos e falar comigo sobre tática depois do jogo. Sendo preparadora física do time, tática não era meu ponto forte, mas eu amava aprender com ele qualquer coisa que quisesse me ensinar. Depois de alguns jogos, convenci meu pai de que ele deveria falar diretamente com Arthur sobre o que enxergava. Ele pensou que meu treinador se ofenderia e diria que meu pai estava se intrometendo, mas Arthur não era assim. Então marquei um almoço e os apresentei. Desde então, os dois se tornaram bons amigos. Arthur mostrava a ele o que era e o que não era possível fazer com nosso elenco e discutia as ideias que julgava boas. E eu só sentava e absorvia as aulas de futebol, sempre que possível.

O futebol no Brasil, tanto o feminino quanto o masculino, está nas mãos dos homens. Por isso, em toda chance que eu tinha de aprender qualquer coisa sobre a modalidade, sentava e escutava. Hoje eles estavam no poder, mas um dia a oportunidade chegaria para mim e eu queria estar pronta. E esses dois homens na minha vida eram muito abertos a ensinar.

— Obrigada, papai.

— Juro, filha. A ideia do Arthur de colocar Guta pela direita hoje foi magistral.

— Foi sugestão da Helen no treino de ontem — comentei, dando os louros para a dona da ideia. Realmente tinha funcionado.

— Helen sabe o que faz. Logo Arthur vai perdê-la, pois ela vai ser treinadora principal um dia. — Suspirou. — Mas eu liguei porque preciso conversar com você sobre outra coisa.

— Pai, o voo vai decolar em menos de dez minutos. Todo mundo já embarcou.

— Tem que ser pessoalmente, filha. Podemos sair para jantar hoje?

— Pai, eu não sei que horas vou ficar livre hoje. Vamos para o CT e tem tanta coisa pra fazer…

— Filha, é importante. Preciso que seja o mais rápido possível essa conversa.

Meu pai nunca foi de exigir minha presença assim em nada, a menos que fosse mesmo importante.

— Então vamos deixar combinado, mas eu confirmo o horário quando chegar ao Bastião, pode ser?

— Claro, querida. Vou avisar no nosso restaurante e você me conta quando souber o horário. Eles não vão se importar.

Não que o restaurante fosse realmente nosso, porém meu pai era cliente fiel, pois nos levava em datas especiais, comemorações e também ia com os amigos e colegas de trabalho lá. Todos os funcionários o conheciam.

Após breves despedidas, desliguei o celular e me preparei para a decolagem. O voo foi tranquilo e rápido, como toda ponte aérea SP-RJ. Muitos bastienses estavam esperando no desembarque, o que foi bem divertido para as meninas. A torcida do Bastião era muito apaixonada e abraçou o time com tudo desde que meu pai chegou ao comando. Elas foram tratadas como celebridades e foi divertido assistir a tudo de camarote.

O clube mandou o ônibus do time masculino nos buscar, que era todo envelopado com as cores do clube, mas também muito mais confortável por dentro. Não que o nosso fosse velho, só que o do time dos homens era trocado a cada três anos — e depois disso era redistribuído no clube para quem precisasse, sejam as categorias de base ou o time feminino. O nosso ônibus estava completando dez anos no clube e deveria ficar conosco por pelo menos mais cinco.

Com as meninas comemorando muito lá dentro e se sentindo especiais, chegamos ao centro de treinamento. Antes mesmo de estacionarmos, foi possível ver uma multidão reunida na frente do prédio em que treinamos. Ao nos aproximarmos, vimos que os rostos eram de funcionários, além de atletas das categorias de base e alguns do time masculino principal. A maioria dos atletas já estava de férias, mas alguns, como Adriano, utilizavam a academia para se manter em forma, ou as demais dependências do clube para tratar das lesões. As meninas desceram cantando o hino do clube e os demais presentes se juntaram ao coro.

Mas, sendo bem honesta, tudo que eu conseguia ver era ele.

O cabelo baixinho, o sorriso tímido, os braços enormes na regata de treino. Nossos olhos se encontraram e ele piscou para mim, mas logo disfarçou. Felizmente, Adriano era melhor que eu nisso.

Após o hino, todos começaram a se abraçar e a felicitar a todos nós. A taça mudava de mão em mão e a fotógrafa do time ia registrando tudo. Senti um toque na base das minhas costas, diferente dos outros, e soube na mesma hora que era ele. Adriano me puxou para um abraço, em que eu tentei manter o máximo de distância possível, mesmo que minha vontade fosse de o segurar com força e deixar que me girasse, tirasse meus pés do chão e me fizesse voar, como em *Dirty Dancing*.

— Parabéns, dengo — disse baixinho, o sorriso safado e o brilho nos olhos fazendo coisas com meu coração.

— Obrigada, Adriano — respondi, dando um passo discreto para me afastar.

Ele percebeu meu distanciamento e não questionou, pois sabia bem o motivo. Apenas se inclinou mais perto ao meu lado e falou:

— Depois do treino?

— Vou jantar com meu pai hoje.

— Depois do jantar.

Ele acenou, piscou e saiu de perto.

E eu fiquei olhando em volta, torcendo para ninguém ter reparado muito em nós.

O grupo foi diminuindo aos poucos, as atletas entraram com a taça em mãos e meu treinador veio até mim, me chamando para a reunião. Ao longe, vi Adriano chegando no campo, ao lado de dois outros atletas, Alex e Luquinhas, para treinar. Balancei a cabeça, precisando buscar meu foco novamente.

Por que aquele homem fazia aquilo comigo?

Cansada, finalmente cheguei em casa no fim da tarde. Havia uma mensagem de Thelma, me chamando para tomar uns drinques para comemorar o troféu, e uma de Adriano, pedindo para avisar quando eu chegasse, que ele passaria em meu apartamento para buscar a bolsa de treino que ficou ali. Querendo tempo para descansar antes do jantar com meu pai, deixei a mala de viagem no corredor e peguei a bolsa dele no chão da sala. Estava ali desde antes de irmos para São Paulo, na Ladies Cup, e eu nem reparei quando saí de manhã.

Subi correndo as escadas até a cobertura e toquei a campainha. Ouvi os passos se aproximarem da porta e logo vieram os sons de tranca se abrindo. Sem camisa e com a pele negra reluzindo de suor, tive que me segurar muito para não suspirar com a visão do homem dos meus sonhos.

— Ei, eu podia ter buscado. — Ele deu um passo para frente, passando o braço na minha cintura possessivamente. — Oi, dengo.

Seus lábios vieram de imediato para os meus, mas eu desviei e ele enfiou o rosto no meu pescoço.

— Eu só vim deixar as suas coisas, não vou ficar.

— Tudo bem, mas não posso ganhar um beijo? — questionou, com o rosto sério, mas as mãos subindo e acariciando as minhas costas.

— Nós já conversamos, Adri. É melhor não.

— Laura, isso não tem cabimento. Nós conversamos, mas não concordamos. Você sabe que essa é a nossa melhor ideia em anos.

— Eu tenho que ir, Adri. Preciso encontrar meu pai para jantar. Não posso ter essa conversa de novo agora.

Ele me encarou, olhando fundo nos meus olhos. Parecia extremamente decidido a levar o assunto em frente, mas não foi o que aconteceu. Sua expressão mudou e ele visivelmente desistiu.

Era melhor assim, não era?

Adriano afagou minha bochecha de leve e deu um passo atrás. Abaixando-se, pegou a bolsa do chão. Eu não tinha nem reparado que ela tinha escorregado.

— Eu te ligo depois então. Obrigado por trazer minhas coisas.

Ele estava se afastando. Não era o que eu queria também, mas eu realmente não tinha tempo para aquela conversa hoje.

— Aqui. — Enfiei a mão no bolso e tirei a chave reserva que tinha separado para ele. — Pode ficar com ela para caso de emergência?

— É a chave do seu apartamento? — respondeu com outra pergunta.

Era normal que se desse a chave de casa para um amigo que mora perto, correto? Essa situação com Adriano não significava algo mais.

A era dos *cropped*s chegou com tudo. Era simplesmente impossível ir a uma loja comprar roupas e não voltar com um deles. Você gostando ou não da peça, era só o que estava à disposição. Felizmente, eu gostava. Ajustei o cós da minha calça de cintura alta azul-bebê, que combinava com o *cropped* tomara que caia. O cabelo crespo estava preso em um coque hoje, simplesmente porque não consegui lavar e ele estava implorando que fizesse isso.

Passei hidratante em minha pele negra, esperando. A notificação apareceu no celular, avisando que meu pai tinha entrado no condomínio. O tempo que levei para reunir meus pertences e descer foi o mesmo que ele levou para estacionar na porta do prédio. Entrei no carro, beijando seu rosto.

— É bom ver você sem as roupas de treino, menina.

— Roupas de treino são a minha segunda pele, pai — comentei, fechando o cinto de segurança.

— Ainda bem que os genes da sua mãe passaram para você! Minha filha fica linda até com a camisa do Vasco.

— Deus me livre, pai.

Conversar sobre nossos times de futebol era algo que não fazíamos em público, porque era uma situação complicada para quem trabalhava no meio. Eu cresci como torcedora do Flamengo, já que papai jogou lá por muitos anos antes de se tornar treinador. Mas foi no Bastião que tive minha primeira experiência no esporte, trabalhando nas categorias de base, e agora estava retornando no time feminino. Havia um carinho enorme pelo clube e muito respeito.

E uma baita torcida para que fossem vitoriosos.

Mas meu pai construiu uma enorme rivalidade com a torcida do Vasco nos anos de Flamengo, então não havia dúvidas para ninguém de que ele não gostaria de me ver usando a camisa deles.

— Nunca diga nunca, menina. — Deu de ombros, partindo com o carro. — Nesse esporte, temos que agarrar as oportunidades.

O trajeto até o restaurante favorito dele não levou muito tempo. Meu pai foi recepcionado por todos e levado para sua mesa cativa. Eu o segui.

— Adiante a conversa, porque eu passei o dia curiosa — pedi, após discutirmos o que comeríamos.

— O conhecimento é o alimento do sábio. O alimento do tolo é a curiosidade — pronunciou, em tom solene.

— Tirou essa de onde, pai?

— Do Google. — Deu de ombros. — Disse que é de Nety Teixeira, mas quem sabe? Não conheço ninguém com esse nome.

O garçom chegou com nossas bebidas. Um suco de laranja para o meu pai, uma taça de vinho para mim.

— Recebi uma proposta e decidi aceitar — começou meu pai, assim que o garçom nos deixou.

— Que legal, pai! Proposta de onde? — perguntei, animada, tomando um gole do meu vinho.

— Da Seleção Brasileira.

Fiquei parada por um segundo, pensando. Há algum tempo a Seleção era questionada por não apresentar um futebol muito bonito, mas os resultados seguravam o treinador no cargo. Claro, eles vinham sendo obtidos contra seleções mais fracas aqui pela América do Sul, porém eu não esperava que houvesse uma troca de treinadores.

CAROL DIAS

Principalmente em ano de Copa do Mundo.

— Jura? Eles vão demitir o técnico?

— Ele mesmo se demitiu. Vai se afastar do futebol por algum problema de família — explicou, meus olhos se arregalando no processo. — Precisam de alguém com um estilo de jogo parecido.

— Você é muito mais ofensivo no ataque, pai.

— Eu sei, disse isso a eles. — Suspirou. — Mas, dentro das possibilidades e com a crise de técnicos brasileiros, eu sou a melhor aposta.

— Pai, em ano de Copa do Mundo... Isso é loucura.

— Eu sei — repetiu. Dava para ver que ele não estava totalmente confortável com isso. — Mas o time está pronto. Eu não pretendo fazer tantas mudanças no esquema, só quero trazer um jogador ou outro. Analisando o cenário, concordo que sou a melhor opção.

Parei por um minuto, tentando respirar. De fato, o nome do meu pai vinha sendo especulado há tempos como o substituto natural. O treinador já havia avisado que deixaria o comando da seleção após a Copa do Mundo do Qatar, mas era só daqui a um ano. De todo jeito, se havia alguém em quem eu confiava era em Leandro Caxias.

— Pai, fico muito feliz por você. — Estiquei a mão sobre a mesa, segurando a dele. — Tenho certeza de que dará o seu melhor e que faremos bonito na Copa. Parabéns pelo trabalho. Me conte como será, quando vão anunciar...

— Ainda não aceitei, porque preciso conversar com você sobre algo. — Vendo meu rosto franzido em dúvida, logo completou: — Quero você na minha comissão técnica.

Minha carranca se agravou, porque o que saiu de sua boca não fez nenhum sentido.

— Como assim na sua comissão técnica?

— Quero que seja preparadora física da Seleção Brasileira.

Nota da autora:

A Brasil Ladies Cup foi um campeonato realizado entre 12 e 19 de dezembro de 2021, com oito times participantes: América de Cali (Colômbia),

Ferroviária, Flamengo, Internacional, Palmeiras, River Plate (Argentina), Santos e São Paulo. A final foi disputada entre Santos e São Paulo, no Allianz Parque.

O resultado, 3 x 2, consagrou o time do São Paulo como campeão, com gols de Duda, Naná e Thaís Regina. Brena e Ketlen marcaram pela equipe rival. Além das jogadoras, a presença feminina foi sentida em outros espaços. Marianna Nanni Batalha apitou a partida e Tatiele Silveira foi técnica do time do Santos. Ana Thaís Matos comentou o jogo na TV aberta, mas na programação fechada houve narração de Renata Silveira e comentários de Renata Mendonça. A partida foi transmitida para todo o Brasil na manhã de domingo, pela Globo.

As mulheres existem no esporte mais popular do país e, pouco a pouco, estão mostrando sua força.

SEGUNDO
EU ESTOU ORGULHOSO

20 de dezembro de 2021.

— E você disse sim, não é? — indagou Arthur, sem tirar os olhos do treinamento.

Sentados em *steps* no canto da academia, conversamos sobre a proposta de ontem. Contei a ele que meu pai seria o novo técnico da Seleção Brasileira e que me convidou para trabalhar na comissão técnica dele.

— Eu disse que responderia hoje, após o treino; que precisava pensar. Claramente contrariado, ele balançou a cabeça, ficou de pé e apitou.

— Alê, pelo amor de Deus. É o último treino do ano, pode puxando esse peso direito. Estica essa coluna, mulher. Postura. Quer curtir o Natal toda torta?

— Mas, treinador... — começou a questionar, porém logo foi cortada:

— Sem reclamar. Anda. Ou eu vou pedir pra Laura apoiar as suas costas até você fazer direito. — Depois do puxão de orelha, ele se virou para mim. — Não tem o que pensar sobre isso, Laura. Treinar a Seleção Brasileira é a maior oportunidade da vida de qualquer um. No que você precisa pensar?

— Art, quantas mulheres você já viu acompanharem a Seleção Brasileira *masculina*? Na história, quantas mulheres foram preparadoras físicas? Não existe a possibilidade de isso ser bem aceito. E o que vão falar de mim? Ainda mais por eu ser filha do novo treinador.

— Laura, falam sobre você ser filha do treinador aqui, na minha comissão técnica, sendo que eu nem conhecia seu pai pessoalmente. Vão falar disso por todo o sempre. Ande, no que mais você tem que pensar?

— Não quero deixar você na mão, Arthur...

Ele me parou antes que eu pudesse completar.

— Vamos entrar em férias até meados de janeiro. Tenho muito tempo para encontrar algum substituto, mesmo que não haja ninguém à sua altura.

— Há milhares de pessoas mais qualificadas para o cargo.

— Você foi destaque desde que chegamos ao clube, Laura. Ouvi vários torcedores nas redes sociais pedindo para levarem você para a comissão permanente do time masculino. Se criticarem a sua presença lá, faça como tem feito até aqui e responda com trabalho. — Ele colocou uma das mãos em meu ombro. — O que mais está te impedindo de aceitar a maior oportunidade da sua vida e encher este velho de orgulho?

Afastei o olhar, porque estava pronta para chorar. Ele tinha razão. Desde que comecei a trabalhar profissionalmente no futebol, recebi críticas e retribuí com trabalho. Entreguei jogadoras em tempo recorde, preveni lesões, ajudei para que o time mantivesse a forma física pelos noventa minutos. Eu sabia que poderia ajudar a Seleção e sabia que aquela era a oportunidade da minha vida.

Só havia uma coisa me segurando, mas eu não poderia falar para Arthur. E aquilo não deveria me segurar, afinal, não havia nada acontecendo.

— Vou ligar para o meu pai.

Com um sorriso do meu mentor, eu me afastei do grupo, desbloqueando o telefone na mesma hora.

Passei a bolsa de academia pelo ombro, me preparando para ir embora. Andei pelos corredores do CT, olhando as fotos e as salas, pensando no que eu estava deixando para trás. Meu pai deveria estar negociando minha presença na comissão técnica naquela hora.

Antes de sair, ouvi a voz de Arthur vindo de uma das salas por onde eu tinha passado.

— Venha aqui, por favor. — Voltei lá, parando na porta para ouvi-lo completar: — Falou com seu pai?

— Falei mais cedo. Ele entraria em reunião e disse que me ligaria quando tivesse confirmação. Por enquanto, nada ainda.

— O anúncio do desligamento acabou de sair — avisou, apontando para a tela do computador, de onde não tirou os olhos. — Ele já está sendo veiculado como substituto, mas ainda não há nada oficial. — Ergueu o rosto, me encarando com orgulho no olhar. — Você vai fazer a diferença e abrir portas. — Deu-me outro sorriso. — Estou muito orgulhoso de você.

— Obrigada, Art.

— Venha me dar um abraço.

Caminhei até seus braços abertos, me deixando ser parabenizada. Pouco depois, deixei a sala para voltar para casa. Mas antes que conseguisse chegar à recepção, fui interrompida por Adriano.

— Ei, dengo. Está tudo bem? — Parado em minha frente, fui obrigada a encará-lo. — Fiquei esperando notícias suas ontem. Liguei, mandei mensagens...

— Eu estava cansada depois do jantar com meu pai — respondi, o que não era mentira.

— Que tal uma massagem nos seus pés lá na cobertura, um vinho e... — sugeriu, dando um passo perigosamente perto.

— Adri, não. — Estendi a mão para frente, abrindo espaço entre nós com um passo para trás. — Já conversamos sobre tudo isso.

— Acho que eu estava dormindo, porque perdi a parte da nossa conversa em que você se afasta completamente de mim. Eu só lembro que nós combinamos de dar lentos passos para frente, não sair correndo de costas.

Ouvi passos e risadas em um corredor próximo, o que me lembrou de onde eu estava.

— Aqui não, Adriano.

Ele olhou em volta, percebendo o mesmo que eu. Disfarçadamente, me puxou pela bainha da camisa por uns dois corredores, até a ala dos quartos dos atletas do time masculino.

— Aonde estamos indo? Você está maluco?

Ele não respondeu e me fez continuar atrás dele. Abrindo a porta que tinha o seu número, ele olhou para os dois lados antes de me empurrar para dentro.

— Vamos falar sério, Laura. — Ele segurou meus braços com firmeza e delicadeza, os olhos totalmente focados em mim. — Nós concordamos em ir devagar, mas ficou claro para mim que você queria alguma coisa; que você me queria e que daríamos uma chance a nós. Então, no dia seguinte, mudou de ideia e veio com aquele papo de que ficarmos juntos era um erro. O que aconteceu?

— Adri...

— Não tente me enrolar. Ninguém está aqui e nem vai entrar. Nós não temos pressa de ir a lugar nenhum. Vamos conversar francamente.

— Trabalhamos no mesmo clube. Se alguém considerar que estamos juntos, isso pode estragar as nossas carreiras. Mais a minha do que a sua.

— E eu já te disse o que acho disso: eu vou falar com a diretoria e com quem tiver que falar para deixar tudo às claras. A imprensa vai abrir a boca, mas só até a próxima polêmica. Do que temos vale a pena correr atrás.

— Mas as coisas mudaram agora… — Afastei o olhar, incapaz de negar na cara dele algo que eu queria tanto. — Onde eu vou estar agora, já estarei cercada de polêmicas, não preciso de mais uma.

— Do que você está falando?

— Meu pai vai ser o próximo técnico da Seleção Brasileira, se Deus quiser. E ele quer que eu me junte à comissão técnica como preparadora física.

Os olhos de Adriano se arregalaram e ele levou as mãos ao meu rosto.

— É sério isso? Eu não sei nem por onde começo os parabéns! Meu Deus, Laura! Seu pai vai fazer um trabalho incrível, você também. Que orgulho, dengo! Que orgulho! — Seus beijos foram se espalhando pelo meu rosto, como ele gostava de fazer. Na testa, nos olhos, no nariz. Até que pairou sobre a minha boca, roçando bem de leve. — Você é o meu orgulho. — E me beijou.

Eu queria deixar que seus lábios tomassem os meus e que ali fosse o começo de um relacionamento que eu tinha certeza de que poderia ser um sucesso, mas o mundo nunca nos aceitaria.

— Adri — implorei, recuando. Isso me colocou com as costas apoiadas na porta, encurralada na presença dele. — Não vai dar certo. Se você for convocado, eu vou estar trabalhando com o time e isso será um problema. Quando eu preparava as mulheres, era muito improvável que nossos caminhos se cruzassem de forma definitiva no trabalho. Mas você sabe que agora nossos caminhos podem e vão se encontrar. E não vamos poder estar juntos.

— E você vai escolher o trabalho em vez do seu coração. — Seus polegares afagaram minhas bochechas. — Apesar de me deixar puto, fico feliz e orgulhoso por isso.

Para cortar o nosso clima, meu telefone tocou no bolso. Ele me olhou, indicando com a cabeça para eu ver quem era.

— É meu pai — avisei, olhando no visor. — Oi, pai.

Achei que Adri me daria espaço, o que não aconteceu. Sua mão desceu para minha cintura, onde ficou fazendo um leve carinho. E eu tentei ficar atenta ao que meu pai dizia, mesmo que minha cabeça estivesse no movimento dos seus dedos.

— Ei, menina. Só para avisar que terminamos a reunião agora e está tudo acertado. — Ele divagou sobre horários, datas e compromissos nos próximos dias, mas eu ouvi parcialmente. — Você ainda está no clube? Seria bom resolver o fim do seu contrato.

Meu Deus, eu vou ter que me demitir.

— Sim, pai. Estou aqui ainda. Vou ver com o Arthur.

— Ótimo. Será uma honra trabalhar com a minha filha. Estou muito orgulhoso de poder contar com você, menina.

— Obrigada, papai. Falo com você depois.

Nós desligamos. Guardei o celular no bolso e encarei os olhos ansiosos à minha frente.

— E aí? — Um sorriso se espalhou nos lábios de Adriano.

— Ele quer que eu peça demissão, pois a ABF aceitou que eu esteja na comissão.

E com a aprovação da Associação Brasileira de Futebol, minha realidade começaria a mudar muito em breve.

E a realidade das mulheres no futebol também, eu esperava.

— Ficar longe de você vai ser a coisa mais difícil que terei que fazer nesta vida, dengo, mas te ver na Copa do Mundo valerá a pena. — Ele ficou mais próximo e deixou nossos narizes se tocarem. Senti um magnetismo me puxando para ele e minhas costas arquearam, subiram, querendo apenas se aproximar. — E um dia… — Com o polegar, afagou meu lábio inferior. — Um dia eu vou pendurar as chuteiras e nada vai ficar no meu caminho para chegar até você.

Fraca demais para resistir àquele homem, passei os braços por seu pescoço. Eu sabia que esperar até que ele se aposentasse seria uma tarefa impossível. Alguém conquistaria o seu coração bem antes, e uma vida de solidão não era o que nenhum de nós queria. Mas eu desejava que ele soubesse que, se dependesse apenas de mim e do que eu queria, nosso amor iria prevalecer.

Deixei meus lábios tocarem os seus de leve, apenas sentindo. Passei as unhas da mão esquerda por sua nuca, me apoiando em seus ombros com a direita para ganhar impulso e mergulhar em sua boca. Deixei as sensações de Adriano em mim inundarem meu corpo. Eu queria mais, queria que ficássemos ainda mais conectados, mas sabia, lá no fundo, que tinha de recuar.

Apesar de querer muito me entregar inteiramente, algo em mim continuava me avisando que aquilo não poderia estar acontecendo.

Maldita consciência.

— Tenho que ir — eu disse, ofegante, separando nossos lábios.

Adriano não me segurou. Ele deu um passo atrás, tirando a mão do meu corpo devagar. Senti a perda do seu calor, mas me recusei a absorver a sensação.

— Cuida para ver se alguém está passando. — Deu as costas, caminhando para o banheiro do quarto. — A gente se vê, dengo. — Piscou, fechando a porta atrás de si.

Tentei abrir a porta, mas ouvi as vozes de alguém no corredor, então tive que esperar. Do banheiro, o barulho da água caindo do chuveiro chamou minha atenção. Quando encontrei Adriano, ele já estava com roupas normais, pronto para ir para casa, não era mais o uniforme do treino. Ele nem estava suado. O que foi fazer no chuveiro?

Assim que as vozes se foram, deixei o quarto disfarçadamente e retornei à sala de Arthur. Ele pareceu surpreso ao me ver, mas, quando contei sobre a ligação do meu pai, ganhei um sorriso melancólico.

— Eu sabia que isso iria acontecer. Porém, agora que tenho que tomar uma atitude, meu coração está apertado.

Estiquei a mão sobre a mesa, para fechar sobre os punhos dele. As suas eram bem maiores que as minhas, por sinal.

— Você deveria me cobrar uma multa milionária por quebra de contrato. Dessa forma, eu não poderia sair da sua equipe, pois não teria grana para pagar.

Ele sorriu, balançando a cabeça ao discordar.

— Laura, quem decidir impedir o seu sucesso deveria se envergonhar e nunca fazer parte da sua vida. Seu destino é maior do que a vontade de qualquer homem de contar com você.

E eu sei que ele estava falando unicamente em um sentido profissional, mas Adriano estava marcando presença em meus pensamentos naquele momento.

A nova comissão técnica da Seleção Brasileira: conheça os seis profissionais da equipe do treinador Leandro Caxias

Após a confirmação do novo comandante, profissionais que o acompanharam nos clubes anteriores devem preencher os cargos

O anúncio de que a Seleção Brasileira perdeu seu treinador foi uma grande surpresa em pleno ano de Copa do Mundo. A troca de "professores" pode se mostrar perigosa tendo tão poucos jogos antes da competição. Mas o nome de Leandro Caxias como técnico não foi inesperado. Há muito tempo ele era considerado o substituto natural para o novo ciclo, e a pausa na carreira para passar mais tempo com a família serviu de reciclagem para Leandro, que concluiu diversos cursos no Exterior após o relaxamento da pandemia.

A nova comissão técnica é, porém, um tema de mesma importância e que pode definir se no final do ano que vem estaremos celebrando ou tentando digerir mais uma derrota. A seguir, vamos conhecer um pouco mais de cada profissional que costuma acompanhar o técnico e que deve ser anunciado nos próximos dias.

Júlio Barbosa
Auxiliar técnico

Homem de confiança de Leandro, os dois estão juntos desde o começo da carreira de treinadores. Foram formados na base do Flamengo no mesmo período e campeões nas categorias de base. Como "professor auxiliar", participou das campanhas dos títulos de 2008, 2015, 2018 e 2019. Atualmente, está trabalhando no Grêmio.

Junior Gomes
Auxiliar técnico

Entrou na comissão técnica em 2018, com a saída de alguns nomes. Sua carreira como jogador foi muito vitoriosa, assim como a de auxiliar técnico vem sendo. Usou o período sabático para concluir o curso de treinador da Fifa.

Diego César
Treinador de goleiros

Com fama de pegador de pênaltis, não teve uma carreira de muitos títulos, mas seu nome sempre foi associado a campanhas de recuperação e salvou muitos times do rebaixamento. Estagiou em grandes clubes da Europa antes de integrar a equipe de Leandro, em 2010.

Raul Andrade
Analista de desempenho

O único que veio de um cenário diferente, trabalhou por anos na Liga Americana de Basquete. Está na comissão de Leandro desde o princípio também, esta que foi sua primeira experiência no futebol.

Bruno Ribeiro
Preparador físico
É o profissional mais questionado da equipe, tendo deixado a desejar em vários dos times por onde passou. É um cargo na comissão em que nenhum profissional se destacou desde o início da carreira de técnico de Leandro. Vários nomes já passaram pela vaga e pode ser que ele não seja levado para a equipe da Seleção Brasileira. Veremos como será, mas esse é um quesito que estaremos todos observando.

Adílio Nunes
Fisiologista
Responsável por cobrir os problemas dos preparadores físicos que trabalharam com ele ao longo dos anos, é um profissional muito respeitado e que operou verdadeiros milagres. Homem de confiança de Caxias, também costuma ser considerado alguém inegociável na equipe.

ATUALIZAÇÃO às 16h34.

Rumores apontam que Leandro teria solicitado à ABF a presença de sua filha, Laura Caxias, na comissão técnica. Ela é preparadora física do time feminino do Bastião e deve ocupar esse cargo, no lugar de Bruno Ribeiro. Na próxima semana, uma coletiva de imprensa apresentará todos os profissionais da equipe.

O TERCEIRO

VAI TESTAR MULHER NA CASA DO CA...

22 de dezembro de 2021.

Quem é Laura Caxias, nova integrante da comissão técnica da Seleção Brasileira
Carioca de 30 anos deve ser confirmada entre os profissionais nas próximas horas

Por Lívia Freitas

Haverá uma mulher entre os homens. Cenário extremamente difícil de se ver no mundo do futebol, onde o machismo é estrutural, mas que deve ser comum pelo menos neste ano de 2022. Após a saída do treinador, a ABF contratou Leandro Caxias como novo comandante da Seleção Brasileira, que chegará causando impacto imediato no extracampo: ao trazer uma mulher em sua comissão técnica, ele quebra tabus escritos há anos, que nem sequer entravam em debate.

Essa será também uma porta de abertura para as mulheres no esporte masculino. Historicamente, as comissões técnicas trazem apenas homens para todos os cargos que viajam com os jogadores. Se procurarmos, encontraremos algumas como nutricionistas, psicólogas, funcionárias de marketing e administração, porém Laura é a primeira mulher da história da ABF a acompanhar tão de perto o dia a dia dos jogadores convocados.

A nova preparadora física da Seleção não estará sozinha no cargo, já que deve se juntar ao antigo preparador, Bruno Ribeiro. Contestado nos trabalhos anteriores por onde passou com Leandro, houve a dúvida se ele integraria o grupo, mas tudo indica que os dois farão uma dupla, que será responsável por manter o condicionamento dos atletas.

Laura estudou Educação Física na UERJ e foi fazer mestrado e doutorado em Boston. Seu currículo é extenso em formações acadêmicas e tão interessante quanto as experiências de sua curta carreira. Com passagens em clubes das universidades onde estudou, começou a treinar times femininos na comissão técnica de Arthur Ramires.

CAIU NA REDE

Tem seu trabalho no Bastião muito elogiado, tanto por profissionais que a acompanham quanto pelas jogadoras.

Mesmo assim, essa é a primeira experiência em um time masculino. As portas para as mulheres estão sendo abertas pouco a pouco, e a primeira representante da nossa classe já foi escolhida.

Toda a sorte do mundo para Laura Caxias, uma mulher negra que preparará a Seleção Brasileira Masculina de Futebol! Que seja a primeira de muitas.

Leandro Caxias escala a própria filha para trabalhar na Seleção Brasileira
Ela será responsável pela preparação física dos jogadores

Por Osvaldo Leme

É ano de Copa do Mundo! Ao ser obrigada a escolher um novo comandante para a sua Seleção, a ABF escolheu Leandro Caxias, profissional que há tempos era apontado como substituto do antigo "professor". Mas o que ninguém esperava era o que o técnico traria como bagagem de mão.

Fontes dentro da ABF afirmam que, para fechar negócio, Leandro exigiu a presença de Laura Caxias, sua filha, na comissão técnica. Os dirigentes teriam se espantado, já que o cargo exige que ela esteja dentro do vestiário com os atletas e viaje com a delegação, mas o novo contratado foi irredutível. A ABF decidiu apostar.

A turma da lacração adorou a notícia nas redes sociais, porém algumas perguntas importantes devem ser feitas: existe necessidade de ter essa mulher no grupo? No que ela irá agregar à Seleção, visto que toda sua experiência no futebol se deu em clubes universitários e em times femininos? Não será desconfortável para os jogadores ter que dividir o vestiário com uma moça?

Estamos entregando algo muito importante em mãos delicadas, em um momento crucial. Não se pode dizer se essa é a escolha certa ou não, mas é um risco. E em ano de Copa do Mundo, não é hora de arriscar.

— Gente, o que vocês não entendem é que não estão querendo colocar uma mulher em qualquer time de futebol do Brasil. Quer testar mulher no masculino? Tudo bem, pode testar. Mas começa lá na série C, ou na B. Começa em time pequeno, campeonato periférico. Não pode fazer esse tipo de testes na Seleção Brasileira!

— Ainda em ano de Copa do Mundo, hein!

— Nisso eu concordo, viu? Seleção Brasileira não é lugar para testes! É o espaço para os melhores profissionais. Vai testar mulher na casa do ca...

Desliguei o rádio, sem paciência para os três homens apontando o dedo para mim sem sequer me conhecerem. Felizmente, o clube estava a poucos metros. Cumprimentei a todos no caminho e, depois de estacionar, peguei a travessa no banco de trás.

Hoje não havia treino, nem dieta. Era o churrasco de fim de ano do time, já que todas as atletas estavam entrando em férias. Apesar de a comida estar sendo feita na cozinha do clube, meu mousse foi muito requisitado. No meu último dia naquele clube, que tão bem me acolheu, não pude dizer não.

Fui abordada por vários funcionários em todo o caminho para o campo três, onde eram feitas as comemorações no Bastião. Não dentro do gramado, é claro, porque não queremos estragar, mas no pátio ao lado. Cada pessoa que encontrei foi educada, estava empolgada e me desejou coisas boas na minha carreira.

As jogadoras ainda não tinham chegado, apenas algumas pessoas da comissão e os funcionários do clube. O que foi bom, pois a ideia era mesmo deixar tudo preparado para elas. E sempre foi assim — se o treino começasse às 9h, minha tarefa era chegar às 7h. A rotina era essa mesmo e eu não me preocupava em mudar, nem em dias de festa.

Pouco a pouco, o pátio foi enchendo, a música ficou alta e os comes e bebes começaram a fluir. Funcionários, dirigentes, jogadoras e até mesmo alguns caras do time masculino apareceram. Os únicos vetados foram os atletas do Sub-18, já que hoje o álcool estava liberado.

— Ô, Laura! — chamou Bárbara, acenando freneticamente do outro lado do pátio. — Dá um pulo aqui.

Me levantei da cadeira, pedindo licença a um dos meus colegas da comissão.

— Oi — disse, apoiando a mão em sua cadeira.

— Você vai se mudar pra Granja Conaly?

— Hm, não. Vou continuar morando no mesmo lugar.

— E vai ficar indo para Teresópolis todos os dias? — indagou Leandra, nossa goleira reserva.

— Não, na verdade, boa parte do trabalho é feita aqui na sede da ABF. Vamos viajar um pouco também, para observar jogadores. Só vou para a Granja Conaly quando meu pai fizer alguma convocação ou quando houver necessidade. Não vai ser um trabalho diário.

— Eu fiquei pensando nisso quando soube da notícia, Laurinha... — comentou Fabi, pensativa. — Você vai sentir falta da rotina diária no clube? Porque agora só vai dar seus treinos nas Datas Fifa.

— Ah, vou sentir muita falta! — respondi, suspirando. — Daqui até a Copa do Mundo, são apenas três convocações. Três sequências de treinamento...

— Mas a experiência vai ser única e especial, tenho certeza — Neuza, nossa zagueira, declarou.

Eu estava prestes a responder quando um grupo barulhento chegou ao pátio. Nele, vários atletas do time masculino, embora apenas um chamasse a minha atenção.

Há dois dias, tivemos a conversa definitiva sobre nos afastarmos. Esse relacionamento não teria futuro se Adriano estivesse no meu grupo de jogadores — e, conhecendo meu pai, eu sabia que ele estava —, então eu não deveria ficar pensando no seu apartamento alguns andares acima do meu, no barulho do seu carro chegando no prédio, no som da sua risada no saguão ou no cheiro do seu perfume no elevador.

Eu deveria pensar na oportunidade brilhante que estava no meu futuro, isso sim.

— Eu não tenho dúvidas disso. Mal posso esperar para começar a trabalhar com a Seleção, mesmo sabendo que será um desafio — disse, voltando minha atenção para as meninas.

A conversa fluiu pelas quatro horas de duração do churrasco e eu tive que falar com todos os presentes, que queriam me parabenizar ou se despedir. No grupo de Adriano, felizmente os outros rapazes do time dominaram a conversa, cavando suas próprias vagas na Seleção, como se fosse eu a responsável por convocá-los.

Foi engraçado desviar das investidas, mas pelo menos pude me distrair dos olhares dele.

Boa parte das garotas começou a se despedir e fui até a mesa para dar conta da minha travessa e começar a procurar o caminho de casa. Assim que parei, uma sombra surgiu à minha direita, acompanhada do perfume de Adriano.

— Sabia que esse mousse era seu — comentou, pegando dois pratinhos descartáveis. — Vou te ajudar a esvaziar. — Pegou a colher grande e colocou o doce para dois. Então me entregou um deles.

— Hm, eu já comi — falei, incerta.

— Tudo bem, mas coma outra porção para eu ter um motivo para falar com você sozinho.

Apenas o encarei por alguns segundos, pensando que não deveria mesmo fazer aquilo, mas cedi.

Eu sempre cedia.

— Achei que a gente já tinha conversado anteontem.

Ele riu sozinho, enfiando uma colher de doce na boca.

— Por mim a gente conversava todos os dias, o dia inteiro — afirmou, depois de mastigar. — Posso te levar para jantar hoje? — pediu, direto.

— Jantar? Nós dois? Não! — Balancei a cabeça, completamente decidida de que era uma péssima ideia.

— Por favor, como seu amigo.

— E se nos virem?

— Como amigos, Laura.

— Mas não somos amigos. E ninguém vai acreditar que somos apenas amigos se formos vistos juntos.

— Pensei que fôssemos amigos. — Sua sobrancelha se franziu.

— Você me entendeu. — Suspirei. — As pessoas não sabem que somos amigos e, se tirarem fotos de nós, as manchetes apontarão para outras coisas.

— Então venha jantar no meu apartamento. Não vou cozinhar, prometo, mas teremos privacidade.

— Achei que tínhamos concordado que… — Deixei no ar, não querendo dizer as palavras com gente em volta.

— Concordamos — afirmou, sem me fazer dizer em voz alta. — Mas eu quero ser seu amigo ainda. E desejo conversar com você sobre uma coisa.

— Adri…

— Por favor, Laura — pediu, um tom dolorido em sua voz. — Um jantar. Quero também comemorar o seu emprego novo. Você já foi celebrar?

A resposta era não. Tudo estava acontecendo rápido demais.

— Às 20h? — indaguei, cedendo.

— Às 19h? Preciso jantar cedo, porque viajo para um jogo beneficente amanhã.

— Boa sorte nele, por sinal… — falei, colocando a última porção de mousse na boca.

— Ah, sim. — Riu baixinho, afastando o corpo, que estava apoiado na mesa. — Você pode me desejar boa sorte mais tarde.

Com uma piscadela suspeita, ele pegou meu pratinho vazio e se afastou, jogando-o na lata de lixo.

Terminei o que tinha ido fazer ali: tampei minha travessa e a coloquei em uma bolsa, junto da colher. Comecei a me despedir de todos, pouco a pouco, rumando para o carro.

Por todo o caminho, fui me lembrando do que tinha vivido até ali e vislumbrando meu futuro profissional.

Eu era a primeira mulher preparadora física da Seleção Brasileira.

Uma mulher negra que abriria portas para mais profissionais mostrarem seu trabalho não apenas em Seleções, mas nos clubes grandes também.

De cabeça erguida, o meu futuro estava posto. Eu só precisava encarar as oportunidades e agarrá-las com todas as minhas forças.

E eu nunca fui mulher de fraquejar.

QUARTO

VOCÊ É A MINHA SELEÇÃO

22 de dezembro de 2021.

Respirei fundo, encarando meu reflexo no espelho. O vestido preto de mangas bufantes e estampa de cerejas marcava minha cintura e se estendia até o meio da minha coxa. Eu precisava me vestir bem? Provavelmente não. Mas Adriano me convidou para jantar e, mesmo que fosse na casa dele, eu estava levando o evento a sério.

Subi no salto e tirei uma foto no espelho, enviando para ele na sequência.

— Se eu chegar aí e você estiver de chinelo de dedo e camisa de time, vou te agredir — disse no áudio e deixei o aplicativo enviar.

O decote em formato de coração valorizava meus seios avantajados. A roupa não era nova, eu já tinha usado diversas vezes, mas me sentia bem. Me sentia bonita.

Fechei o cordão no pescoço e uma notificação veio no meu celular. Desbloqueei a tela enquanto encontrava as chaves de casa e saía. Era uma foto de Adriano no espelho. Ele estava de jeans e camisa preta de gola alta, com os pés descalços, uma corrente de prata no pescoço. Não, ele não estava de chinelo de dedo e camisa de time, mas talvez não ficasse tão gostoso se não tivesse se vestido.

Esta noite seria uma tortura.

Entrei no elevador, ainda suspirando por pensar no que a noite me reservava. Na porta de sua cobertura, toquei a campainha. 18h58. Dois minutos de antecedência. Ansiosa? É, talvez um pouco. Eu deveria ter ficado fazendo hora antes de subir.

Mas não tive tempo de repensar a estratégia, porque a porta se abriu rapidamente.

— Ei, dengo — falou, o tom manhoso, abrindo a porta para mim. — Entre.

Pisei no corredor de entrada e parei, me afastando apenas o suficiente para que ele fechasse a porta. Adriano se voltou para mim e fiquei confusa sobre como cumprimentá-lo. Esse nunca foi um problema para nós dois, principalmente depois do primeiro beijo. Se alguém estivesse perto, era um

CAIU NA REDE 33

aceno distante. Se estivéssemos sozinhos, ele abraçava minha cintura e me beijava. Fez isso algumas vezes; em umas com um beijo na boca, em outras com um cheiro no cangote.

Mas ele parecia tão em dúvida quanto eu. Dando de ombros, fechou a distância entre nós e me envolveu. Seu nariz passou pelo meu maxilar, e o cheiro no pescoço veio. Segurei-o pela nuca, sem conseguir me afastar.

— Como você pode ser tão cheirosa e ficar tão linda nesse vestido que eu já vi duzentas vezes? — indagou, se afastando.

— Olha quem fala — respondi, brincando com a corrente em seu pescoço. — É sério, Adri, isso entre nós tem que acabar.

Ele suspirou, dando um passo para trás.

— Vamos entrando, estraga-prazeres. Hoje eu quero celebrar sua conquista. Vou te convencer de que ficar comigo é a coisa certa em outro momento.

Caminhando para o seu apartamento, vi que as luzes estavam apagadas ou baixas. Ele me levou até a varanda, que era razoavelmente grande. Adriano costumava receber os amigos e fazer churrasco ali. Naquela noite, havia um ar íntimo que nunca vi antes, pois ele nos preparou um jantar à luz de velas. E à luz da lua.

No chão, velas baixinhas iluminavam nosso caminho. Na mesa posta para dois, mais velas. Era um ato gentil, que vinha de alguém que se esforçou para preparar tudo aquilo, mas minha mente gritava que era errado. Era errado porque era o certo. Porque era o que eu queria fazer pelo resto da minha vida e sabia que não podia. Porque eu queria jantar e rir ao lado dele, depois escalar o seu colo e retribuir o carinho com os mais diversos beijos.

Mas não. Aquela linha eu não iria cruzar, ou não me chamava Laura Caxias.

— Eu não acredito que você chegou do treino e preparou tudo isso — comentei, tentando voltar ao planeta Terra.

Ele deu de ombros e puxou a cadeira para eu me sentar.

— Não foi bem assim. Foi parcelado. Ontem eu arrumei algumas coisas e hoje só coloquei as velas.

— Mas ontem eu nem tinha concordado em vir jantar.

Rindo, ele contornou a mesa e se sentou.

— Mas eu sou um homem esperançoso. E confio no meu poder de persuasão.

— É melhor você ter pedido uma comida gostosa desta vez, ou não haverá persuasão que te faça conseguir outro jantar no futuro.

Nós jantamos conversando sobre comida e culinária ucraniana, país em que ele morou por alguns anos para jogar futebol. Os assuntos fluíram, porque sempre foi assim com Adriano. Uma das coisas que fizeram eu me interessar por ele foi a facilidade que ele tinha de falar sobre assuntos diversos. Sempre tinha um comentário relevante, algo que leu no jornal ou viu em um vídeo. O estereótipo do jogador burro nunca se encaixou em Adri, dentro e fora de campo.

Eu estava saboreando um vinho, mas ele devorava um suco de limão, porque não bebia antes de um jogo, quando um vento frio soprou na cobertura e apagou as velas. O susto e a escuridão me fizeram gritar, o que desencadeou risos nele.

— Era só o que me faltava. — E rindo, ele ligou o interruptor, nos dando luz novamente. — Vamos entrar? Leva nossas bebidas para a sala? — pediu, se erguendo.

Eu concordei, pegando minha taça e seu copo. Fizemos algumas viagens até guardar tudo. O vento logo trouxe a chuva e fiquei agradecida por não termos decidido sair de casa.

Sentei no sofá e logo ele se aproximou. A luz continuava baixa e o clima era romântico, mas o jantar tinha inibido nosso contato físico. Algo que não parecia que ia acontecer dali para frente, pois o braço dele cobriu o encosto do sofá atrás de mim e nossos joelhos se tocaram. Uma das suas mãos deslizou pelo interior da minha coxa.

— Agora que já comemos, já celebramos sua conquista, por favor, me convença do motivo de eu não poder te beijar e comemorar que estou em um relacionamento com uma mulher foda?

— Adri... — Balancei a cabeça em negativa, mas sabia que tinha que ser definitiva. Ele jogou um dos cachos do meu cabelo para trás da orelha, pois estava caindo no meu rosto, porém deixou a mão na minha bochecha. — Sabe quantas mulheres já estiveram na comissão técnica da Seleção Brasileira? Nenhuma — falei, sem esperar que ele respondesse. E prossegui: — Ouviu os programas esportivos nos últimos dias? Eles não questionam a chegada de um novo treinador em ano de Copa. Consegue adivinhar qual é o tema das mesas de debate?

— Você? — perguntou, mas o tom era de quase certeza.

— Por que testar uma mulher na Seleção Brasileira? Ali não é lugar para testes. Os jogadores não vão ficar desconfortáveis por dividir o vestiário com uma mulher? Pode nepotismo na Seleção Brasileira? Leandro não tem o direito de colocar a própria filha em um cargo tão importante só porque quer lacrar!

Me levantei do sofá, inquieta. Ele ficou lá, estático, apenas o rosto me acompanhando.

— O que isso tem a ver com a nossa relação?

— Consegue pensar no que vão dizer se sair a lista de convocados, seu nome estiver lá e souberem que temos um caso?

— Mas quanto a isso a gente não precisa se preocupar, não é? Meu nome nunca vai sair nessa lista.

Fiquei em silêncio por um momento, pensando em como falar sobre isso.

O antigo técnico da Seleção, por algum motivo, nunca convocou Adriano. Muitos o consideravam o melhor zagueiro atuando no Brasil e um dos melhores brasileiros no mundo, mas ele não era visto pela antiga comissão técnica. Não era o caso do meu pai, que assistia a todos os jogos do Bastião e sempre o elogiava. Eu não tinha certeza de que meu pai o convocaria, contudo poderia apostar que sim.

— Mas e se sair? Você não sabe, nem eu. O treinador é novo, pode querer fazer testes.

— Testes em ano de Copa do Mundo? Eu acho que não. Vamos ser sinceros, Laura. Tenho trinta anos e nunca passei da Seleção Olímpica. Não vai ser agora. A possibilidade de nós dois nos esbarrarmos no mesmo elenco é bem pequena. Não precisamos nos preocupar com isso. A gente não precisa lutar contra o que temos.

— Mas o que a gente tem? Não temos nada! Não somos um casal. Trocamos uns beijos e é só. Não podemos ter nada. Não podemos passar disso.

— Porra, você está falando sério? — Levantando-se em um rompante, ele me encarou, com o tom incrédulo e o rosto todo franzido. — Não temos nada? Nada?

— Nada, Adri. Meia dúzia de beijos e só.

Claro que eu estava sendo injusta. Claro que as nossas conversas, as nossas trocas, a amizade e cumplicidade que construímos eram alguma coisa. Eu me preocupava com ele como me preocuparia com o homem da minha vida. Torcia por suas conquistas, vibrava com sua felicidade.

Eu o desejava mais do que a qualquer um.

Mas não podia insinuar isso a ele. Não podia deixar que pensasse que aquilo ali era algo sério, ou Adriano nunca recuaria.

E eu precisava que ele recuasse.

— Você só pode estar brincando! — Avançou na minha direção, me fazendo recuar até a parede que levava à cozinha. — Tudo que a gente viveu, todas as conversas na madrugada, os minutos roubados no CT, todas as vezes em que estive no seu apartamento e que você veio aqui em cima, cada toque, cada carinho. — A superfície fria entrou em contato com a minha pele quando me vi sem saída, mas ele continuou, as mãos apoiadas ao lado da minha cabeça: — Cada momento que a gente compartilhou não significou nada para você?

Afastei o olhar, sem conseguir mentir para ele.

O mínimo fato de respirarmos o mesmo ar significava para mim.

— Se não significou nada — prosseguiu, passando o indicador na linha do meu maxilar —, talvez seja melhor eu ligar para o Luquinhas e tentar encontrar alguém para me fazer companhia antes da viagem de amanhã.

Hm, ciúmes. Ele queria que eu sentisse ciúmes das várias amigas que Luquinhas, seu colega de equipe, tinha, e que estavam sempre prontas para dormir com os jogadores dos cinco grandes clubes do Rio. E com qualquer outro homem que aparecesse pela frente.

— Talvez seja — falei, engolindo em seco e empurrando seu peito.

Era a reação oposta à que ele esperava, mas era a coisa certa. Se empurrá-lo para outra mulher o fizesse desistir de nós dois, talvez eu mesma devesse ligar para Luquinhas.

Adriano ficou congelado e seu braço caiu frouxo ao seu lado. Ele ficou lá, me vendo andar para longe. Mas a dor em seu olhar foi genuína e dilacerou meu coração. Mesmo me fazendo de forte, as lágrimas saltaram e tive que me afastar, virar o rosto, para tentar seguir com o plano.

— Laura, isso não pode ser sério. Você não pode querer isso.

Lá fora, um raio estourou e uma chuva forte começou a cair.

— Mas eu quero — afirmei, de costas, mesmo que fosse uma grande mentira. Fui até o sofá, procurando meu celular. — Não vou ficar no seu caminho para a Seleção, Adri, e se ficar com outra mulher vai te fazer desistir de mim, então talvez essa seja a escolha certa.

— Para com isso, caralho! Eu não vou ser convocado! E não vou te perder por causa de uma merda de uma vaga em um time onde nunca me quiseram! Minha seleção é você, Laura. O que mais vier é lucro. Por acaso vou começar a ser convocado magicamente?

Mais uma vez fiquei em silêncio, porque a possibilidade era real, todavia eu não podia dizer.

— Está vendo? Você não tem resposta para isso. Está surtando com uma possibilidade que não vai acontecer. Eles não vão me chamar. Então só me diz a verdade, por favor. Você não me quer e está usando a Seleção como desculpa, não é?

— Você sabe que eu te quero. Porém eu não posso!

— Podia em todas outras vezes que eu enfiei a língua na sua boca, mas não pode agora por quê?

— Porque tudo mudou! Agora é conflito de interesses. Você não percebe? O fato de eu ser mulher dentro da comissão está repercutindo mais do que a contratação do meu pai! Eles vão fazer o inferno da minha vida, e da sua, no momento em que meu pai começar a ler a lista e o nome do namorado da filha dele estiver lá. Vão dizer que você está sendo favorecido. Que só foi convocado porque namora a filha do treinador. Vão inventar que estamos transando antes dos jogos. Esse vai ser um prato cheio para essa imprensa de merda inventar coisas, os torcedores ainda mais. E você não merece ter o seu trabalho colocado em cheque por causa disso. Nem eu mereço!

— Seu pai vai me convocar, não vai? — Pelo tom de voz dele, minhas dúvidas se confirmaram. Ser convocado era importante, sim, e os músculos retesados do seu corpo comprovavam isso. — Você não estaria surtando a esse ponto se não soubesse disso.

— Não posso dizer, Adri. Como eu disse, é conflito de interesses.

— Laura... — falou, reticente, se aproximando.

— E eu não sei de verdade, sabe? É uma sensação. Meu pai conversa muito comigo sobre futebol e sinto que ele gosta muito de você como zagueiro. Só que, como você disse, é ano de Copa do Mundo. Não sei se ele vai querer fazer testes...

Ele chegou ao meu espaço pessoal, invadindo-o completamente e me fazendo recuar até outra parede. Suas mãos seguraram meu rosto em ambos os lados, delicadamente.

— Eu aceito sua opinião, entendo o que você diz. Mas, como eu disse, você é a minha seleção. É a mulher da minha vida, Laura. E eu vou te provar isso, não importa o que tenha que fazer. — Com a ponta do nariz, escovou todo meu rosto, vagarosamente. — Eu aceito sua opinião, mas não vou desistir. Não vou recuar até ouvir seu pai ler o meu nome. Até lá, vou te provar que essa é a escolha certa para nós dois, que eu caí na sua rede e não quero achar o caminho para fora dela.

Seus lábios esfregaram os meus lentamente. O toque acendeu cada partícula nervosa do meu ser. Seu aperto no meu rosto ficou mais firme e minhas mãos subiram para o seu ombro.

— Adri… — comecei, ofegante, mas não consegui concluir.

— Eu vou te beijar, foda-se.

E sem me dar tempo para pensar, felizmente, ele desceu a boca na minha. Meus dedos se aventuraram nos fios de cabelo curtinhos em sua nuca, segurando seu rosto no meu com vontade.

E enquanto o meu toque se tornou possessivo, o dele ficou mais e mais gentil, descendo lentamente pela minha coluna com a mão esquerda até apoiar a base nela. Meu corpo se ergueu, se aproximando mais do dele. Eu me sentia flutuar. A mão direita dele escorregou pela lateral do meu corpo, o polegar esfregando meu mamilo de leve sobre o vestido, até se apoiar em minha coxa. Com a ponta do indicador, ele trilhou o caminho por baixo do tecido, chegando à beirada da calcinha.

Ah, homem. Minha sanidade vai para a puta que pariu, né?

— Me manda parar — pediu.

— Pare — ordenei, sem nenhuma convicção. Minha boca dizia não, mas meu corpo se aproximou mais do dele. Minha respiração desregulada implorava que ele não parasse nunca.

— Me convença a parar — pediu novamente.

Impossível.

— Adri… — Eu me impulsionei, passando as pernas por sua cintura. — Não consigo ser racional com você. Eu sei que tenho que te afastar, mas tudo o que eu quero é ser sua.

— Tudo o que eu quero é te fazer minha — falou, andando comigo pelo corredor. — Só preciso saber se você tem certeza. Não quero que se arrependa amanhã.

— Só vou me arrepender do que a gente não fez, amor.

Talvez eu me arrependa de não poder seguir adiante, de escolher a minha carreira.

Mas me arrepender do homem que eu amo, isso nunca.

— Então me deixa te amar, dengo. Me deixa te amar.

Bom dia, dengo.

Desculpa, não quis te acordar, mas tive que ir cedo para aquela viagem. Guarde essa chave com você, para quando precisar vir aqui no apartamento. Fique à vontade.

Nunca vou me esquecer da nossa noite. Do nosso beijo. Do nosso amor. Do seu cheiro. Da sua pele na minha. Da minha mão no seu cabelo.

E se você desistir de mim quando acordar, saiba que eu não vou esquecer. Hoje, amanhã, daqui a quarenta anos. Como diz aquela música, vou estar te esperando nem que já esteja velhinha, gagá.

Vou lutar para ficarmos juntos, porque meu time joga sempre por você.

Me liga quando acordar.

Adri

QUINTO

JOVEM, CAPACITADA E EXPERIENTE

23 de dezembro de 2021.

Como eu fui de "não podemos ficar juntos" para acordar na cama de Adriano era algo que eu não conseguia explicar.

Acordei naquela manhã e, depois de ler o bilhete e pegar a chave, vesti minhas roupas novamente, me preparando para voltar ao meu apartamento. Ontem eu comecei a arrumar uma bolsa para ir à Granja Conaly, então, ao chegar em casa, apenas coloquei o que faltava e me preparei para sair.

Vesti um suéter preto e rosa — porque Teresópolis era uma região fria —, uma calça jeans branca e tênis. Era provável que eu vestisse o uniforme da Seleção logo que chegasse, por isso não perdi muito tempo escolhendo a roupa perfeita para o primeiro dia. Era pouco antes das 11h quando meu pai parou no meu prédio. No carro estavam Júnior e Júlio, seus dois auxiliares técnicos. Diego, Raul, Bruno e Adílio estavam em um segundo carro.

A ideia do meu pai era manter as mesmas pessoas de sua comissão e adicionar apenas eu. Também absorveria os outros profissionais mais específicos da equipe fixa da Seleção, como nutricionistas, psicólogos, massagistas e o diretor de seleções.

E eu só esperava que houvesse alguma mulher no meio disso.

Na comissão técnica do time masculino do Bastião, por exemplo, não há mulheres, como em todas as outras do futebol brasileiro, mas a equipe fixa do clube tinha psicólogas e nutricionistas, assim como algumas profissionais nos cargos administrativos.

Só esperava não estar só.

— E aí, menina? Preparada para o dia de hoje? — Júnior indagou.

— Não para a coletiva de imprensa, mas sim para o trabalho. Nunca entrei na Granja Conaly.

— Aquele lugar é gigante — afirmou Júlio. — Fui lá com seu pai para o curso de técnicos da ABF.

— Sobre a imprensa, filha, você vai pegar o jeito rápido. Vamos todos participar da coletiva juntos, mas faço questão de dar respostas sobre as perguntas que farão a respeito de ter você na comissão. Toda a equipe já está instruída sobre a minha decisão, conversei pessoalmente com cada um, mas vou falar com todos na ABF. A decisão de te convidar para trabalhar com a Seleção Brasileira Masculina é minha e todos verão que é uma decisão inteligente. Nós vamos provar isso a qualquer um que ousar questionar. E vamos estabelecer o exemplo para o mundo do futebol.

Conversamos sobre trabalho, por todo o caminho. Meu pai queria fazer uma reunião hoje com a comissão, mas havia muita coisa a ser resolvida e teríamos que parar por conta do Natal. Se eu e meu pai não estivéssemos em casa amanhã, minha mãe surtaria.

A Granja Conaly foi, como diz o nome, uma granja, que pertenceu a um ricaço há vários anos. As terras foram devolvidas ao governo quando o dono se viu com diversas dívidas e falcatruas, o que o fez perder suas riquezas. Com o tempo, a ABF recebeu o terreno para construir um centro de treinamento para o time nacional de futebol masculino. Hoje, o espaço recebe as Seleções Masculinas e Femininas profissionais e de base.

Após o primeiro portão, passamos por uma extensa estrada antes do prédio principal, com um lago à direita e um campo de treino à esquerda. Por ser vinte e três de dezembro, tão tarde no mês, não havia jogadores, apenas profissionais cuidando do espaço.

Desci do carro do meu pai e subi as escadas para o prédio principal. Bem na porta estava Athirson Santos, presidente da ABF. Ele nos recebeu, dando soquinho na mão de cada um. Na sequência, fomos encaminhados para fazer testes de Covid. Os resultados saíram na hora e, felizmente, todos negativamos. Superado esse ponto, fomos levados para um tour pelo prédio principal, onde ficava a administração, e pelo prédio da Seleção Masculina. No final, terminamos dentro do refeitório, e um banquete nos esperava. Lá, diversos funcionários estavam aglutinados e nos ofereceram pratos deliciosos e saudáveis. Minha nutricionista ficaria orgulhosa.

Felizmente, em todo o nosso tempo por aqui, pude encontrar mulheres trabalhando em variados cargos. Eu seria a única da comissão principal, que viajava com o time, mas aqui não estaria sozinha. Pelo menos isso.

Antes de a sobremesa ser servida, Athirson ficou de pé e pediu a palavra.

— Obrigado a todos pela presença aqui hoje. Nós estamos no laço para a pausa do feriado, mas depois do que aconteceu, da perda do nosso treinador e da chegada de Leandro com a nova comissão, sabemos que não há tempo para esperar. A disponibilidade do time do Leandro e de todos aqui é de extrema importância. Agradeço, mais uma vez, por tanta dedicação de cada um. Estamos acostumados com as apresentações dos novatos na Seleção, e com a nossa comissão não poderia ser diferente. Por isso, gostaria de pedir que cada um fique de pé e se apresente.

Depois de certa algazarra, Júnior ficou de pé. Um a um, os membros da equipe do meu pai se ergueram para falar. Eu fui ficando para depois, querendo absorver o que eles diziam para não pagar mico. Quando faltava apenas meu pai, fiquei de pé.

— Boa tarde a todos — comecei, um pouco insegura, mas tentando transmitir tranquilidade. — Meu nome é Laura Caxias, tenho trinta anos e trabalho com futebol há doze. Logo que me formei no ensino médio, fui fazer Educação Física na faculdade. Eu não queria praticar esportes, mas sim trabalhar com eles, então passei a auxiliar em escolinhas enquanto estava me graduando. Fui estagiária por dois anos, quando me contrataram como professora. Eu ainda estava na faculdade, mas dedicava todo meu tempo possível para deixar os alunos prontos para os campeonatos. Minha primeira experiência depois de formada foi nas categorias de base do Bastião. Após dois anos, conheci Arthur, que me levou para trabalhar com futebol feminino em sua comissão técnica. Passamos por diversos clubes, fomos muito vitoriosos. Voltamos este ano ao clube, que tinha diversas atletas no departamento médico ou retornando de lesão. Espero fazer um bom trabalho aqui e manter nossos atletas no melhor preparo físico, para deixá-los sempre aptos a fazer bons jogos e trazer resultados.

Agradeci e me sentei, sob palmas educadas. Na sequência, veio meu pai.

— Bom, eu até queria usar este primeiro momento para falar de mim, para divagar sobre como é um sonho dirigir esta Seleção, mas acredito que tomei uma decisão a respeito da minha comissão técnica, que exige que eu dedique algumas palavras para explicar.

— Leandro, se for sobre a Laura... realmente não precisa dar justificativa — Athirson começou.

— Eu faço questão — garantiu meu pai. — Não é comum, mas trouxe uma mulher para trabalhar na minha comissão, para frequentar o vestiário dos meus jogadores e para viajar com todos nós. Essa mulher é jovem, capacitada e experiente. Essa mulher fez um trabalho incrível de recuperação de atletas em seu último clube. Essa mulher é minha filha. Não quero acreditar que teremos problemas pela nossa relação de pai e filha, já que outros treinadores que passaram por aqui tiveram familiares trabalhando juntos. Mas também não quero acreditar que teremos problemas por ela ser uma mulher. Espero que, nos próximos meses, vocês possam ver que ela é uma profissional exemplar, trabalhadora e o quanto acrescentará a este ciclo. Quaisquer problemas que tiverem em relação à escolha que fiz, por favor, venham conversar comigo, pois espero o mesmo respeito por ela que vocês terão a qualquer outro membro da minha comissão.

Após o discurso dele, a sobremesa foi servida, graças a Deus. Nós pudemos nos sentar em paz e conversar sobre amenidades. As pessoas pareciam ter recebido bem a declaração do meu pai, mas era impossível ter certeza. Só saberíamos se eu tinha sido aceita e se haveria problemas com o passar dos dias.

Veremos.

Terminamos de comer e nos retiramos direto para a sala do meu pai. A assessoria de imprensa da ABF também estava presente. Lá, ele nos deu orientações a respeito de decisões do time, e as duas assessoras falaram sobre o que esperar dos jornalistas e que perguntas deveriam ser feitas. Aparentemente, eu era mesmo o assunto principal.

— Tenho um discurso para esse momento sobre a Laura. Vou repeti-lo para quantas pessoas for preciso. Vocês acham melhor abrir com o pronunciamento ou esperar vir alguma pergunta?

— Fale primeiro, Lê — Júlio sugeriu. — Vai quebrar as pernas deles.

Não muito tempo depois, fomos para a sala de coletivas, que estava vazia. Por conta da pandemia, as coletivas ainda estavam sendo transmitidas on-line. Por vídeo, os repórteres faziam as perguntas e víamos em uma tela disponível na sala. Nós nos posicionamos, Athirson fez um discurso inicial e logo meu pai abriu com sua fala, repetindo tudo que disse durante o almoço e completando:

— Entendo que minha filha será a primeira mulher a trabalhar com a Seleção Masculina, não porque não houve antigamente ou porque não haja nos dias de hoje alguém tão capacitada quanto ela. Sei o quanto minha filha é profissional e o que ela oferecerá a este grupo. Ela está sendo a primeira porque não deram às mulheres, até hoje, a oportunidade de se mostrarem em ambientes como este. Tenho certeza de que poderemos crescer ainda mais dando esse espaço a elas. Comigo no comando, isso vai mudar. Começando aqui na Seleção, mas em todas as oportunidades de times que terei, espero trazer mais mulheres para trabalharem comigo. E dito isto, por favor, vamos às perguntas de hoje.

— Osvaldo Leme, Jornal da Bola. A escolha de um membro da sua família para compor a comissão técnica da Seleção Brasileira foi uma aposta. No que você se apoia para acreditar que dará certo?

Claro que a primeira pergunta seria essa.

— Nos anos de estudo da profissional que contratamos. Nos seus últimos resultados no trabalho. Nas histórias das jogadoras que se recuperaram. Tenho certeza de que todos os clubes anteriores podem atestar sua capacidade, mas Laura também mostrará quem é como profissional nos próximos meses.

— Otávio Rezende, da Rádio Tribuna do Artilheiro. Quanto você acredita que ter uma mulher na equipe pode prejudicar o ambiente de vestiário, que é tão sagrado para os jogadores?

— Não vai atrapalhar em nada. Em todos os vestiários onde piso, exijo respeito. Respeito entre os jogadores, entre os profissionais. Tenho certeza de que Laura saberá respeitar todos com quem ela trabalha e que os meus jogadores saberão respeitá-la.

A coletiva seguiu com mais algumas perguntas sobre mim e, quando o assunto ficou saturado, meu pai cortou:

— De agora em diante, só responderei questões sobre outros temas, pois já respondi tudo sobre a nova preparadora da minha Seleção. E, se ficou alguma dúvida, elas poderão ser respondidas nas semanas seguintes.

Então, decidiram questionar algo um pouco diferente.

— Perla Dantas, Fã de Esportes. Ainda sobre o tema preparação física, como vai funcionar a dinâmica entre Laura e Bruno Ribeiro, já que ambos exercerão a mesma função dentro da sua equipe de trabalho?

Meu pai apontou para Bruno, que apontou para mim. Ótimo. Minha vez de responder.

— Boa tarde, Perla, boa tarde a todos. — Endireitei-me no assento. — É uma honra trabalhar com o Bruno, profissional experiente e que tanto agregou nos times por onde passou. Não é a primeira vez que divido funções com outro profissional e tenho certeza de que também não é a dele. Vamos dividir os treinos de recuperação, trabalho de academia, treinos de força, etc., cada um oferecendo o melhor de si. Mas trabalharemos sempre integrados para dar o melhor que cada um tem a oferecer para essa Seleção e para que esses jogadores tragam o hexa no próximo ano.

Respirando aliviada, ouvi a próxima pergunta, que finalmente foi para outro tema. Passamos pela entrevista sem mais momentos estranhos, pois não houve mais perguntas sobre minha presença. Eu sabia que elas retornariam na próxima oportunidade, mas estava pronta. Se tinha sobrevivido a isso, sobreviveria ao resto do ano.

Saímos da área de coletiva para a sala do meu pai novamente, onde começamos a debater o trabalho que faríamos, os nossos próximos passos, e meu pai nos delegou algumas tarefas. Agora, além de cuidar do dia a dia do time, eu seria apresentada à função de "olheira" no futebol, já que acompanharia meu pai e outros integrantes da equipe em jogos dos times em que nossos selecionáveis atuavam, para saber em que estado o jogador se encontrava.

Ao final da reunião — e com um cronograma de viagens estabelecido para logo que o ano virasse —, Diego pediu a palavra:

— Sei que esse assunto já foi debatido à exaustão hoje, que seu pai já falou sobre isso várias vezes, Laura, mas queria deixar clara minha posição quanto a ter você na equipe. — Ele fez uma curta pausa, que me deixou um pouco assustada. — Entendo a importância de ter você aqui como mulher, assim como entendo a de ter o seu pai como treinador negro, em um esporte tão dominado por homens brancos. E eu quero ser lembrado como aquele que fez o possível para ajudar a primeira mulher da comissão técnica da Seleção Brasileira a brilhar, não como o homem machista que atrapalhou o processo. Sou treinador de goleiros, mas conte comigo no que precisar.

Outros também se manifestaram, mas ele foi o único a dar um discurso mais longo. As palavras de encorajamento e solidariedade me deram tranquilidade.

— Tudo isso aqui é novidade para mim também. Já trabalhei com times masculinos de base e sempre respeitei o espaço dos atletas, esse nunca foi um empecilho. Sei que não será agora também. É uma pena estarem questionando tanto, mas era o esperado. Torço para que logo todos possam me aceitar e que possamos fazer um bom trabalho aqui. Quero tirar o foco do fato de eu ser mulher e levar para o que posso entregar para a equipe. Desejo muito trazer essa Copa para o Brasil e acredito que, juntos, vamos conseguir.

Com o encerramento da reunião, voltamos para a estrada. Havia uma mensagem de Adriano — que não abri —, uma da minha mãe — convidando para o jantar —, várias de Thelma — dizendo que viu a coletiva e que "amou o fecho que meu pai deu naqueles malas" —, algumas de jornalistas e outras de jogadoras. Respondi a de dona Valquíria primeiro, avisando que iria com meu pai. Depois a de Thelma, com uma figurinha, dizendo que falaria com ela mais tarde. Cliquei na de Adriano, decidindo ignorar todas as outras.

> Adriano: Vi a entrevista do seu pai hoje. Foda. Me liga quando chegar. Vou para aquele jogo que falei, mas volto logo. Quero te ver. Podemos nos encontrar amanhã? Quais são os seus planos para o Natal?

> Eu: Vou jantar com meus pais hoje e devo ficar por lá para a ceia. Seremos só nós três no Natal, ele não quer correr o risco com a pandemia, porque tem muito que fazer na próxima semana. Quais são os seus planos para o Natal? Melhor nos encontrarmos depois disso. Bom jogo.

Sua resposta veio na mesma hora.

> Adriano: Vou ver meus pais em Niterói. Queria que você pudesse conhecer minha mãe. Vou chegar cedo amanhã. Não podemos nem almoçar juntos? Quero te ver.

Bem que eu queria, mas não deveria. Então resolvi adiar.

> Eu: Não posso, vou ficar direto nos meus pais. Muita coisa para fazer por lá. Nos vemos depois do Natal?

Mesmo a contragosto, ele concordou. E eu não respondi mais suas mensagens, porque rejeitar aquele homem me fazia muito mal.

SEXTO

VIZINHO GATO/*CRUSH* IMPOSSÍVEL

18 de maio de 2021.

— Quem está faltando? — perguntei, depois de uma corrida para a porta do ônibus. Estávamos embarcando para o primeiro jogo do time sob o comando do Arthur.

— Ninguém, Laurinha, mas esqueceram a pasta com os resultados dos testes de Covid — avisou Helen, auxiliar técnica. — Você pode ir lá buscar?

— Já volto!

Corri em disparada para o prédio feminino, mas ouvi a voz dela ao me chamar.

— Corta pelo prédio do masculino, está lá no departamento médico.

Fiz um joinha para ela e fui pelo caminho que me indicou. Eu tinha imaginado que a pasta estaria lá, mas entraria pelo prédio feminino, o que claramente me faria perder tempo. O clube montou um único posto do departamento médico no CT, onde todos os atletas eram tratados. Isso garantiu às demais categorias, além do masculino profissional, uma estrutura de primeira linha. Era a nossa esperança, vide que muitas jogadoras estavam lesionadas nessa nossa chegada.

Felizmente, assim que cheguei, a recepcionista estava com a pasta em cima do balcão, apenas esperando por mim. Agradeci e puxei a porta, pronta para sair, enquanto acenava para ela.

Como em cena de filme, meu corpo encontrou uma parede de músculos, e tudo o que eu segurava na mão — a pasta, uma garrafa d'água e meu celular — caiu no chão. Por sorte, a pasta estava fechada e o conteúdo não se espalhou. Eu também teria caído, mas fui segurada por braços fortes.

Nossos olhares se encontraram e foi uma experiência única, extracorpórea. Eu me vi refletida no brilho dos seus olhos e parecia que o mundo tinha congelado. Seu cheiro me atingiu, sua beleza, sua pegada.

— Ei, desculpa! — pediu a parede de músculos, também conhecida como Adriano, zagueiro do Bastião, que havia chegado para a temporada. — Eu não te vi. — E se abaixou para pegar as coisas.

Apesar de já ter visto várias fotos dele, o impacto presencial era outro.

— A culpa foi toda minha — garanti, me abaixando também. — Estou com pressa e fiquei totalmente distraída. — Peguei o celular, que não tinha quebrado, graças a Deus, e ele me entregou a pasta e a garrafa. — Sinto muito mesmo.

— Não foi nada. Você está bem?

— Sim, sim. Só o ônibus está atrasado e estão me esperando com esta pasta. Obrigada. Desculpa. Tchau. — Fui me afastando, mesmo que não quisesse.

— Tchau... — falou, reticente. — Posso saber seu nome?

— Laura. Laura Caxias.

— Sou Adriano, Laura. Boa sorte, cuidado por onde anda.

— Obrigada!

Dei as costas para ele, apesar de meu corpo querer ficar e conversar. Corri para o ônibus de volta, mas dessa vez com muito mais cuidado.

20 de maio de 2021.

Encostei o corpo com um pouco mais de força do que precisava, na parede dos fundos do elevador, esperando que as portas se fechassem. Estava exausta, a viagem tinha sido cansativa. A derrota foi dolorosa e eu só queria encontrar minha cama.

— Segura o elevador! — alguém pediu.

Levei dois segundos para conseguir raciocinar, mas foi o suficiente, porque as portas do elevador do meu prédio eram *bem* lentas. Por sorte, consegui me impulsionar para os botões, nos quais cravei o dedo para manter as portas abertas. Para a minha surpresa, o homem que entrou arrancou para longe todo o meu ar mais uma vez. Muito inesperadamente, dei de cara com Adriano.

O que ele estava fazendo no meu prédio?

— Obrigado — respondeu assim que passou pelas portas. Seu olhar se desviou, mas logo voltou para o meu. — Ei, Laura, é você?

Ele lembrou meu nome?

— Sim, Laura. A gente se esbarrou no Bastião naquele dia — comentei, tentando ajudar sua memória.

— Eu me lembro perfeitamente do nosso esbarrão — disse, um sorriso brincalhão nos lábios. — Você é jogadora do clube?

— Hm, não. — Sem saber para onde olhar, peguei a alça da bolsa de viagem aos meus pés e comecei a entrelaçar no dedo. — Meu talento para jogar é inexistente. Sou preparadora física do time feminino do Bastião.

— Poxa, que bacana! Ainda não tinha visto você por lá.

— Chegamos ao clube este mês, eu vim com a comissão nova. — Dei de ombros. — Acho que não estivemos no mesmo ambiente antes.

A campainha do elevador tocou, avisando que estávamos no décimo andar. O meu.

— E você mora aqui?

— Sim, no décimo — respondi, vendo as portas se abrirem lentamente. — Você também?

Ele balançou a cabeça, como se despertasse de um transe.

— Não, eu moro na cobertura. — Apertou o botão no painel, rindo sozinho. — A pressa me fez esquecer de apertar. — E, com um sorriso galante, completou: — Bom te rever, Laura. Gostei de saber que tenho uma vizinha no clube.

Passando a alça da bolsa pelo pescoço, saí do elevador.

— É, eu não esperava ter um jogador no prédio.

As portas tentaram se fechar, mas ele não deixou. Pisando firme, colocou o corpo na abertura, impedindo que o acionamento fechasse nossa conversa.

— Cheguei esta semana. Estava esperando algumas coisas rolarem no clube para negociar um apartamento melhor. Vocês estavam indo para um jogo naquele dia? Como foi?

Suspirei, derrotada só de pensar na catástrofe que foi a partida.

— Um pesadelo. Nosso departamento médico está lotado e tivemos que promover diversas meninas das categorias de base para o jogo. A antiga comissão técnica fez um trabalho terrível com elas. Perdemos por 5x2.

— Uau. — Seus olhos arregalados mostravam que ele não esperava isso. — Desculpe a desinformação, mas o que vocês foram competir?

— O Campeonato Brasileiro Feminino.

— Ah, pelo menos começou agora, vocês têm tempo para recuperar.

— Não, não. O campeonato começou em abril e a primeira fase termina em agosto. Até recuperarmos as titulares e realmente colocarmos o time para competir... temos muito a fazer. Espero que dê tempo para resolver isso e para as vitórias começarem, mas... aposto que será uma temporada difícil.

Adriano se mexeu e a porta do elevador tentou se fechar. Isso nos despertou.

— Você deve estar cansada, não vou te segurar.

— E com certeza deve ter alguém chamando o elevador — brinquei.

— Nossa, sim, e eu travando a porta. — Ele saiu da frente, mas continuou segurando a saída com a mão. — Espero que a gente se veja por aí mais vezes, Laura.

— Também espero, Adriano.

Dando alguns passos para trás, acenei.

— Se precisar de mim, cobertura 2.

— E se precisar de mim, apartamento 1004.

14 de agosto de 2021.

Toquei a campainha com o cotovelo, porque ambas as mãos estavam ocupadas. O que uma mulher não é capaz de fazer pelo vizinho gato/*crush* impossível?

— Puta que pariu, você merece um beijo na boca — exclamou Adriano, tirando parte das mil coisas que estavam em minhas mãos.

— Eu sei, eu sei. Sou incrível. Agora leve todas essas coisas daqui para eu poder voltar à minha maratona de *Brincando com Fogo*.

— Por que você está assistindo a isso de novo? — questionou, fechando a porta logo que passei.

— Porque meu time não se classificou para as fases finais do campeonato e eu tenho muito tempo livre. E não é de novo, é uma temporada nova. — Coloquei as compras na bancada da cozinha e comecei a separá-las. — Vê se eu me esqueci de alguma coisa.

Ele passou o olho e estava tudo lá. O churrasco estava salvo.

— E o que é a travessa? — Apontou para o que eu fiz.

— O mousse que eu prometi que faria. Precisa deixar na geladeira para quando vocês forem comer ainda estar gelado.

— Ô, dengo... Um bando de homem que só quer carne e cerveja gelada.

A gente não merecia tamanho cuidado e carinho seu de fazer sobremesa.

Ele se aproximou e segurou meu ombro.

— Eu já tinha prometido que faria para você provar. E, como eu disse, estou com muito tempo livre. Agora tchau, vou embora.

— Ei, não. — Ele esticou a mão para a minha, me impedindo de sair. — Fica. O time vai trazer namoradas, amigos, esposas... Prometo que será mais legal que todos os seus episódios de *Brincando com Fogo*.

— Eu não sei... Todo o seu time vem, não vai ser estranho? — questionei, já me sentindo completamente deslocada.

Por morarmos no mesmo prédio, nos esbarramos várias vezes no elevador desde a primeira vez, corremos no condomínio juntos e fomos à casa um do outro em algumas oportunidades. Poderíamos nos considerar bons amigos, apesar de o meu corpo não querer nada disso.

Como eu disse, vizinho gato/*crush* impossível.

— Não vai, boa parte deles já sabe que você mora aqui. E alguns vão trazer namoradas que não são oficiais, ninguém vai questionar minha vizinha e amiga só porque trabalhamos no mesmo lugar.

Suspirei, decidindo ficar. De fato, eu podia ver *Brincando com Fogo* mais tarde.

— Vou descer e me trocar.

— Não mesmo. — Ele me puxou pela cintura, me levando para a mesa da cozinha. — Me ajuda com essas carnes. Se eu te deixar descer, duvido que volte.

E ele realmente não me deixou sair, nem depois que seus amigos chegaram, com mulheres trabalhadas no look e na make. Eu estava com um shortinho rosa de cintura alta e um *cropped* branco, o que era algo bem jeitosinho, mas não tinha nenhuma maquiagem nem acessórios. E eu podia ter escolhido algo melhor do que um chinelo velho para calçar.

Nós ficamos conversando, trabalhando juntos na cozinha; depois, na churrasqueira. Os amigos dele chegaram, nós comemos, bebemos, conversamos, vimos futebol e nos divertimos. Tentei ir embora várias vezes, mas Adriano foi me prendendo, me envolvendo, e eu fui ficando. Quando vi, os últimos jogadores foram embora e nós ficamos sozinhos. Eu estava na cozinha, guardando as carnes que sobraram em potes para o congelador.

— Ei, deixa aí — pediu, parando atrás de mim. — Já fiz você trabalhar demais hoje. — Estendeu um copinho de mousse na minha frente. — Guardei para nós dois.

De fato, o mousse sumiu em um piscar de olhos. Nem consegui tocar nele.

Mas o doce não era o maior dos meus problemas, nem de longe. O fato de nossos corpos estarem muito próximos, a um suspiro de se tocarem, isso sim.

Isso sim estava matando minha sanidade.

Peguei o mousse, deixando de lado os potes sobre a pia. Girei para ficar de frente para ele, e Adriano não me deu nenhum espaço no movimento. O contato do seu corpo firme com o meu arrepiou a minha pele.

Eu precisava quebrar aquele clima a qualquer custo.

— Obrigada — falei, por falta de algo que realmente solucionasse os nossos problemas.

— Por nada. Eu que tenho que agradecer por toda a ajuda de hoje. — Dando um espaço mínimo entre nós, pegou uma colherada e enfiou na boca.

— Acabou sendo mais divertido e proveitoso do que maratonar o meu reality.

Ele abriu um sorriso matador.

— Conte sempre comigo para ser o seu entretenimento de primeira qualidade. Agora, que tal sentar ali no sofá comigo para comermos este doce?

— Acho que eu realmente deveria descer. — Já estava ali há muito tempo, correndo perigo real de avançar naquele homem.

— Então vamos continuar aqui em silêncio, com nossos corpos grudados, só porque não quero que você fuja enquanto como.

— Não seja bobo — brinquei, empurrando seu peito de leve. Adriano se firmou no chão, recusando a se mover.

— Eu apenas quero que a gente tenha um tempo a sós para falar sobre algo muito importante.

— O que seria?

Seu olhar abaixou, esquadrinhando meu rosto, e senti que era uma peixinha que tinha caído na rede dele.

— O fato de que vou entrar em colapso se não beijar esses seus lábios nos próximos dois minutos.

— Adri... — Tentei empurrá-lo mais uma vez. Sem sucesso. — A gente não deveria...

— Por que não? — questionou, mergulhando para mais perto do meu rosto. Eu podia sentir o seu hálito roçando minha boca.

— Trabalhamos no mesmo lugar e...

— Meu treinador e a esposa também. Assim como o vice de futebol e os dois filhos.

— Eu...

Sem saber o que argumentar, eu me deixei levar. Era o que eu queria há tempos, era como me sentia em relação a ele. Os lábios de Adriano encontraram os meus, ambas as suas mãos segurando minha cintura. Dois de seus dedos roçaram a pele acima do short e, com um suspiro, passei os braços pelo pescoço dele. O copinho com mousse desapareceu da minha mão, caindo no chão, mas nem me dei conta na hora.

Era como flutuar, como finalmente encontrar a saída para um problema impossível. Era como estar no lugar certo, depois de tanto se perder. E eu nem me sentia perdida até então, mas um beijo foi capaz de reavaliar os meus sentidos.

Ah, Adriano... por que tinha que ser você?

— Droga — ele murmurou no beijo e nos afastou de leve.

— O que foi? — Confusa, procurei em seu rosto o que havia de errado.

— Pisei no seu doce — respondeu, sem conseguir esconder o riso.

E, de fato, seu pé descalço estava todo sujo de chocolate.

O mesmo chocolate que, misturado a um pouquinho de álcool, deixou seu beijo tão desconcertante.

Nós nos separamos, indo limpar a sujeira antes que se espalhasse pela cozinha. Pessoalmente, eu não teria me importado de passar pano pela casa inteira para continuarmos de onde paramos, mas aquela foi a desculpa perfeita para não continuar com algo que eu *sabia* que não deveria acontecer.

SÉTIMO

NÃO PODEMOS REPETIR

8 de janeiro de 2022.

Meu celular tocava incessantemente sobre a cama. Mas era a ligação diária de Adriano, e eu não mudaria de ideia.

A gente transou, foi incrível, a grande noite da minha vida, nunca vou esquecer.

Mas, na mesma proporção em que foi maravilhoso, era errado e eu não poderia deixar se repetir.

E era óbvio que o tratamento de silêncio que eu estava dando nele não funcionaria para sempre, porém eu tinha a pretensão de estender o máximo possível. Consegui escapar dele no Natal, depois ele viajou para ver uns amigos e foi passar a virada do ano no Nordeste com alguns conhecidos. Ele me chamou para ir junto, contudo a desculpa estava pronta: o emprego novo estava exigindo cada segundo extra que eu tinha.

Parei na lateral da cama, colocando mais algumas peças dentro da mala, e meus olhos se desviaram para a tela do celular. Ali não estava o nome de Adriano, mas sim o de Arthur. Apressei-me para atender.

— Ei, desculpa — pedi, apressada. — O telefone estava longe.

Era uma mentira, mas não poderia dizer que estava ignorando chamadas para não falar com o homem que eu desejava e não podia ter.

— Seu telefone deve estar longe de você com frequência nos últimos tempos, né? Não sou o único com dificuldades para te encontrar.

— Hm, não...? — questionei, incerta de para onde a conversa nos levaria.

— Acredite se quiser: minhas férias foram interrompidas por alguém que eu definitivamente não esperava.

— Quem?

Ele riu sozinho, e eu podia imaginá-lo esfregando a testa com o polegar e o indicador.

— Um homem adulto que abriu o coração para mim e chorou ao som de *Então é Natal*, da Simone.

Pelo amor de Deus, Adri.

— Eu...

— Menina, estou te dizendo que ele abriu o coração para mim. Não precisa procurar palavras para se justificar.

— Não acredito que vocês estão em férias no mesmo lugar.

— Nem eu acredito, mas é a verdade — respondeu, rindo. — Ele me pediu notícias suas, disse que não estava conseguindo falar com você. Contou como vocês se aproximaram, que são vizinhos e que é completamente louco por você. E disse que você não quer ficar com ele por causa da vaga na Seleção.

— Arthur, você entende, não é?

— Claro que entendo, mas ignorar a ligação dele não vai resolver. Só vai fazer ele se abrir para mais pessoas aleatórias no meio de *Porto de Galinhas*. Então, faça o favor de tirar o rapaz da agonia.

— Vou ligar agora.

— Não precisa. Ele vai te ligar assim que eu me despedir. Atenda.

Garanti que o atenderia e Arthur se despediu. Não tive nem dez segundos de espera, porque o rosto de Adriano apareceu na minha tela. Sentei na cama e aceitei a chamada de vídeo. Seu rosto preocupado entrou no campo de visão e pude ver um bar ao fundo.

— Ei, dengo — disse, o rosto sério.

— Adri... Arthur disse que você queria falar comigo.

Ele riu sozinho, passando a mão no rosto. Abaixou-se até sentar na areia, então tive a confirmação de que ele estava em uma praia. Porto de Galinhas, meu ex-treinador tinha dito.

— Achei que você havia percebido que eu queria falar contigo após te ligar tantas vezes nos últimos dias.

— Sim, você ligou. Desculpa, Adri. Achei que era a coisa certa te afastar.

— Poxa, por que seria a coisa certa? Você se arrependeu do que a gente fez?

— Não me arrependi. — Suspirei, sem saber direito como explicar. — Foi a noite mais marcante da minha vida, mas não podemos repetir.

— Pensei que tínhamos superado esse assunto; que você tinha mudado de ideia quando a gente fez amor.

— Bem que eu queria, mas não. Apesar do que sinto por você, nossa situação não mudou. Nossos empregos são os mesmos.

Claramente frustrado, a mão de Adriano se abaixou e seu rosto saiu de quadro. Apesar de a maior parte da câmera mostrar o céu, pude ver seu rosto voltado para cima e ouvir os xingamentos que ele proferiu.

— Preciso te ver — falou, voltando a aparecer. — Quando a gente pode se encontrar? Eu chego no Rio amanhã, vou me apresentar no clube. Posso te ver a qualquer momento depois disso.

— Não estou no Rio. Viemos ver alguns jogos da La Liga e conhecer algumas instalações de clubes aqui na Espanha.

— E quando você volta ao Brasil?

— Lá pelo dia 20, mas também não vou ficar no Rio. Dia 24 a Seleção se apresenta no Equador.

— Que inferno — murmurou. — Você sabe como me sinto, já te disse uma e outra vez. Você é a mulher da minha vida. Não vou desistir de nós, e ainda nem fui convocado. Promete que a gente vai se ver quando você voltar?

Claro que vamos nos ver, eu quis dizer a ele. *Quando você se juntar à Seleção no dia 24.*

— Não deveríamos, Adri — respondi, em vez do que eu realmente queria. — Você sabe disso.

— Por favor.

Ele me encarou com tanta determinação que não consegui dizer não.

— Eu te aviso quando voltar.

Nós nos despedimos e desligamos. O tempo todo, Adriano pareceu exausto. Esperava que essa situação não o afetasse tanto e que tal postura dele fosse porque estava bebendo. Eu queria o melhor para ele, e o melhor no momento era ficar bem longe de mim.

Havia uma mensagem do meu pai no celular, avisando que nos encontraríamos em quinze minutos para um café e debater os objetivos do jogo de hoje. Eu tinha uma boa ideia de que atletas ele queria ver em Real Madrid x Celta de Vigo, mas a reunião era importante para estabelecer algumas metas e fechar a pré-lista dos primeiros jogos do ano.

Parei em frente ao espelho, conferindo se estava tudo certo com minha camisa branca de gola alta. Coloquei a bainha por dentro da calça preta de camurça novamente e fechei no pescoço o colar que estava em cima da mesa do quarto. Sentei na cadeira, puxando a bota de cano curto outra vez. Reuni minhas pastas na bolsa e peguei o sobretudo bege de poliéster.

Fui me vestindo no caminho para o elevador. O café era ao lado do hotel, uma caminhada de três minutos. Quando cheguei ele já estava lá, porém sozinho.

— Oi, pai. — Beijei sua bochecha, logo puxando a cadeira ao lado.

— Pedi um expresso para você — respondeu, sem tirar os olhos do próprio tablet. — Vamos fazer outra viagem no jogo da Supercopa. Será em 20 de fevereiro, mas ainda não tem local.

— Flamengo x Atlético Mineiro, né? — perguntei, apenas para confirmar.

Com um aceno, meu pai fez que sim e mudou de assunto. Justamente para um tema que eu não queria.

— Filha, precisamos conversar sobre uma coisa. Podemos aproveitar que os outros não chegaram ainda?

— Claro, pai. Do que se trata?

— Sua mãe fez um trabalho incrível criando você — começou. — E eu dei o meu máximo também. Conheço a filha que tenho e é por ter total confiança em você que esta é uma conversa totalmente desnecessária, mas vou falar assim mesmo. — Seu tom sério me deu medo, porque aquele lado do meu pai sempre me assustou. — Você sabe o que representa estar no lugar onde está hoje, correto? Sabe que está representando todas as mulheres que sonham em trabalhar com futebol e a chance de um dia estarem no esporte masculino?

— Sim, sei disso.

— Tenho certeza de que está ciente de tudo que vem sendo falado nos meios de comunicação e da opinião dos torcedores sobre isso.

— Que lugar de mulher não é na Seleção Masculina. Sei bem.

— E sabe o que aconteceria se você pisasse fora da linha, né? Se descobrirem qualquer coisa que a sociedade julgue que não é seu papel, vão te execrar e te fazer ser demitida.

— Tenho total ciência disso, pai.

E como… Toda a minha situação com Adriano estava desse jeito porque eu sabia o que aconteceria se pisasse milimetricamente fora da linha.

— Ótimo. Sei que você vai aproveitar esta oportunidade com todas as forças e fazer o certo.

Como se soubessem que precisávamos de um tempo, logo na sequência Adílio e Bruno chegaram até nós, juntando-se à conversa.

Surpreendentemente, não estávamos enfrentando problemas com nenhum membro da comissão do meu pai. Apesar de todos trabalharem com ele há bastante tempo, eu recebi críticas de tantos lados que fiquei esperando os olhares tortos. Ainda não vieram, mas preferi me manter com a guarda alta. Se você espera pouco de alguém, não vai se decepcionar.

Durante a reunião, meu pai passou uma lista de jogos que faríamos no Brasil. Como a comissão técnica era grande, sempre nos dividíamos. Sem surpresa, porque o mundo parecia conspirar a favor dele, haveria um jogo treino entre Bastião x Bangu no dia seguinte ao nosso retorno ao Brasil. E nós fomos convidados, pois meu pai disse que queria observar alguns jogadores do time. Não era comum que pessoas de fora dos clubes conseguissem tais convites, mas a situação da chegada do meu pai estava sendo tratada com exceção por toda a comunidade brasileira do futebol. Os campeonatos só começariam depois do dia 26, então jogos treinos eram tudo que meu pai poderia ver.

Claro que o primeiro jogo em solo brasileiro teria que ser aquele em que eu veria o rosto de Adriano.

Passamos a falar dos nomes para o jogo do dia 27. Depois de termos a lista de atletas fechada, todos voltaram ao hotel e eu fiquei lá, terminando de bebericar meu café e adicionando as datas na agenda. Decidida a manter uma conversa com Adriano, mas a não lhe dar tantas esperanças, ainda mais depois de ver a pré-lista, peguei o celular na bolsa e digitei uma mensagem:

> Eu: Estarei no seu jogo treino contra o Bangu. Vamos ver se o Bastião me deixa entrar no vestiário para cumprimentar a equipe.

A mensagem foi visualizada no mesmo segundo, e uma resposta logo começou a ser digitada.

> Adri: O vestiário é seu, faço questão de estender o tapete vermelho. Vou contar os dias até lá.

13 de janeiro de 2022.

— Bom, em primeiro lugar, eu gostaria de agradecer à ABF, que tem nos dado todo o suporte neste começo de trabalho e conseguiu organizar para que fizéssemos esta transmissão da convocação direto da Europa, para seguirmos o cronograma de jogos a que viemos assistir. Teremos pouco tempo para preparar o elenco que queremos ver em campo, mas daremos o nosso melhor como comissão. Tenho certeza de que esse grupo de convocados pensa o mesmo. Nossa primeira partida será contra o Equador, em 27 de janeiro. Todos os jogadores devem se apresentar lá, onde faremos os primeiros treinamentos. Os atletas vindos da Europa terão um voo fretado. Os que virão do Rio de Janeiro devem se apresentar à sede da ABF na Barra da Tijuca. Os demais serão orientados por nossa equipe. Sem mais delongas, os convocados são...

Sentada à mesa com meu pai e os outros membros da comissão, o ouvi dizer os nomes dos 26 atletas que eu já sabia de cor. Dentre eles, Adriano Silva, zagueiro do Bastião.

Sim, dengo. Agora você foi convocado.

OITAVO
EU ESCOLHI VOCÊ

22 de janeiro de 2022.

Duas noites. Duas noites na minha casa depois de tantos dias na Europa, praticamente um mês. Mas tudo bem, eu me acostumaria a essa nova rotina.

Um dia.

— Pelas Américas ou pela praia, senhora? — perguntou o motorista do táxi.

— Ah, moço. — Suspirei, pensativa. — Pela praia. Saudades desse mar.

Apesar de não morar em frente à praia, eu adorava fazer caminhadas por lá sempre que possível. Nos últimos dias, entre viagens de avião, trem e carro, jogos nos mais diferentes países, caminhar na praia não estava sendo uma rotina em minha vida.

Abri a janela para sentir a brisa entrar, ver as ondas quebrando ao longe. Cortando minha vibe, o celular vibrou. Era uma mensagem do meu pai, com os dados do jogo de amanhã, e outras várias de Adriano, que chegaram assim que o celular se conectou à internet depois do voo. Eram muitas e eu estava criando coragem para ler, porque o que vi pelas notificações já tinha mexido comigo.

Decidi encarar e cliquei em nossa conversa.

> Adri: Bom voo, dengo. (4:13)

> Adri: A gente vai se ver amanhã e já estou me sentindo um adolescente. (7:26)

> Adri: Estou sentindo falta do seu cheiro. (10:55)

> Adri: Vamos contar tudo isso aos nossos filhos, o tanto que foi difícil convencer a mãe deles de que eu era o homem da vida dela. (13:42)

CAIU NA REDE

> Adri: Nossa menina vai rir e dizer: mamãe, por que você foi tão boba? E nosso menino vai perguntar: o papai tinha chulé, era por isso que você não quis dar uma chance a ele? (13:42)

> Adri: Quero te apresentar para minha mãe. Tenho certeza de que ela vai te amar e ficar perguntando o que você faz no cabelo para os cachos serem tão definidos. Ela adora falar de cabelo, nunca vi ninguém assim. (13:42)

> Adri: Já contei que ela era cabeleireira antes de eu virar jogador? (13:43)

> Adri: Enfim. (13:43)

> Adri: Espero que esteja tudo bem no seu voo. (13:43)

> Adri: Não consigo dormir. A galera foi tirar uma soneca aqui no clube. Estamos concentrados para amanhã. Não consigo tirar você da cabeça. (14:15)

> Adri: Seu voo deve estar quase pousando. Graças a Deus. Estão sendo as onze horas mais longas da minha vida. (15:30)

> Adri: Me avisa quando chegar. (15:30)

> Adri: Sei que você vai querer descansar. É só pra eu saber que chegou bem. (15:32)

— Chegamos, senhora. Quer que eu entre no prédio? — avisou o motorista, e eu o vi diminuir a velocidade na entrada de carros.

— Não precisa, moço. Pode parar mais ali na frente, na entrada de pedestres, por favor?

Depois de ele fazer o que pedi, desci do carro e levei junto minha mala, que estava sobre o banco. Era grande e teve que ser despachada, mas pelo menos foi uma só.

O porteiro me liberou e eu abri um áudio para falar com Adriano, já que digitar carregando mala e subindo elevador seria impossível.

— Oi, Adri. Cheguei. Vou ler suas mensagens com calma assim que entrar em casa e conseguir tomar um banho. Beijos.

Eu não tinha nem apertado o botão do elevador quando sua resposta chegou. Guardei o telefone sem ouvir, decidida a absorver tudo antes de falar com ele novamente. Mas, para a minha surpresa, assim que abri a porta de casa, o chão da entrada estava praticamente forrado de papéis.

Empurrei alguns para o lado, tentando não pisar em cima. Coloquei a mala para dentro e fechei a porta. Abaixada, peguei um dos papéis para ver o que era: uma folha de caderno dobrada ao meio. Por fora, não havia nada escrito. As outras seis que peguei eram mais disso. Decidi abrir uma, percebendo logo de cara a letra do Adriano.

Hoje, no clube, eu passei pela preparadora física que Arthur contratou para o seu lugar. Foi um baita gatilho ouvi-la dando o treino das meninas. Você sente falta de treinar todo dia? Será que sua ficha já caiu nesse sentido?

Ok, era uma carta. Minhas pernas começaram a doer de ficar agachada, então sentei no chão e puxei todos os papéis para perto. Passando o olho por eles, vi que havia um único escrito pelo lado de fora. Dizia: "Comece por esta aqui". Obedeci, deixando a primeira de lado.

Você me disse que vai voltar no dia 22 e eu já estou contando os dias. Comecei a escrever estas cartas porque muitas coisas estavam acontecendo, muitas coisas que eu queria dizer a você, momentos do meu dia que queria dividir contigo, e não podia. Então as cartas teriam que servir. Depois de escrever algumas, resolvi passar todas por baixo da sua porta. E se até o seu retorno eu escrever mais, vou colocando aí.

Espero que você as leia. Espero que minhas palavras toquem seu coração.

Peguei aquela de antes e comecei a ler. Perdi as contas de quanto tempo fiquei ali, mergulhada em suas palavras, lágrimas se formando em meus olhos.

Havia coisas bobas, com informações do que aconteceu no dia dele, e coisas mais sérias, como o caso de racismo que ele e um companheiro de equipe sofreram.

Eu vejo esse cara todo dia. Nós estamos no mesmo clube. Ele olhou na minha cara e me chamou de macaco safado. E chamou um garoto de dezessete anos de preto imundo. Sempre achei que ali era um lugar seguro para nós, mas tanto ódio por uma coisa tão pequena como vaga de estacionamento mexeu comigo.

Resolvi colocar as tranças no mesmo dia, para demonstrar apoio. Ele pegou nas tranças do Matheus e mandou o garoto tirar aquela porra fedida. É um absurdo, em pleno 2022, a gente passar por isso. Sermos agredidos de tal forma. Demorei a escrever a carta porque não sabia como colocar em palavras. Como a gente conta pra alguém que tentaram ferir nossa dignidade a troco de nada?

Migrei para outra, em que ele falava sobre o dia da convocação.

Todo mundo parou no refeitório para ouvir o seu pai. Minha pressão baixou quando ouvi meu nome. Os caras batiam nos meus ombros e me sacudiam, mas eu comecei a escutar um zumbido e meu corpo não se moveu.

Esperei tanto por aquele momento, que cheguei a desistir, mas teria ficado alucinado por ser convocado. Esse sentimento até veio e me dominou por um tempo. Então eu me dei conta do que aquilo significava para nós e perdi o chão. O que você falou de fato se concretizou. Você vai me treinar.

Não sei o que fazer. Não sei como reagir. Não sei.

Passando por mais cartas, cheguei a uma que apertou meu coração e o deixou em pedaços.

Acho que fui forjado de forma diferente. Já vi de tudo pelos vestiários em que passei. Os caras que se casaram aos dezoito anos com a namoradinha da época, porque foram vendidos para outros países e estavam apaixonados. Os caras que tiveram filhos muito jovens. Os que serão solteiros por todo o sempre. Aqueles que têm suas esposas em casa, mas não se importam de traí-las em todas as oportunidades.

Minha mãe teria rasgado meu estômago, arrancado minhas tripas e dado para os urubus comerem, se eu fizesse qualquer uma dessas coisas. Casar jovem era algo que ela acreditava ser uma estupidez. Dizia que os filhos poderiam esperar. Que eu deveria encontrar alguém que amasse. E que deveria ser fiel aos amigos, mas ainda mais àquela com quem eu escolhesse dividir a vida.

E eu escolhi você, Laura.

Escolhi me apaixonar, dividir a vida. E tenho pensado muito que não deveria ser tão difícil ficar com a pessoa que escolhi. A vida deveria ser mais justa com a gente. Eu deveria poder te beijar, te dar amor, cuidar de você, mesmo que você fosse preparadora física do Bastião e tivesse que me treinar todo dia. Somos profissionais e não vamos misturar prazer e trabalho.

Eu não deveria ter que lutar para te fazer entender que nós dois somos a coisa certa.

Mas nada nesta vida foi fácil. Sou o preto, pobre e favelado que venceu na vida jogando futebol em um país que odeia pretos, pobres e favelados, e que trata com desprezo muitos dos jogadores de futebol por não serem o que se espera. Eu não vou desistir. Vou encontrar um jeito de ser seu, seja em alguns dias quando você voltar, seja daqui a alguns anos quando eu me aposentar.

Eu escolhi você, Laura. Acho que você me escolheu também.

Tive que parar para enxugar as lágrimas. Lembrei cada momento nosso, as brincadeiras, as noites de filmes, as rodadas de Champions League que vimos juntos. Meu coração foi completamente apertado, torcido e espremido, pois eu sabia o que tinha encontrado em Adriano. O que seria do nosso futuro se eu desistisse da carreira no futebol e virasse preparadora em outro esporte? E se eu escolhesse qualquer outra profissão?

Adriano não podia parar de jogar bola. Era nisso que ele era bom, e a carreira para jogadores era curta. Ele tinha que aproveitar o agora, garantir o futuro, fazer grana para se aposentar com tranquilidade.

Mas eu tinha recebido a chance de representar as mulheres em um momento único na história do esporte. E não podia decepcionar ninguém só porque me apaixonei.

Se queria ficar com Adriano, teria que encontrar outro jeito.

Pegando meu celular dentro da bolsa, encostei-me à parede atrás de mim e disquei o número dele. Sua voz soou em um alô quase que de imediato.

— Obrigada pelo tapete novo aqui de casa — falei, ainda sem saber muito bem como explicar a ele o que estava sentindo naquele momento.

— Gostou do tom de branco? — questionou, risonho.

— Adri... — comecei, vaga.

— Oi, dengo.

— Eu li...

— Tudo?

— Sim, cada linha. Não fazia ideia de que você estava escrevendo cartas para mim.

— É... — disse, reticente. — No começo era apenas para desabafar. Minha terapeuta sugeriu. Mas depois que decidi te mandar, compartilhar o que sentia com você, perdi noção do quanto estava escrevendo. Desculpe por transformar em um tapete o chão na sua porta.

— Não se desculpe — pedi, apressada. — Eu é que preciso pedir perdão por dar para trás e resistir tanto a isso. — Inspirei, e ele permaneceu em completo silêncio. — Você escreveu bem como me sinto, em todas as cartas. Meu coração te escolheu também, Adri. Só preciso encontrar uma maneira de poder dar ouvidos a ele.

— Somos amigos há meses e ninguém desconfia, dengo... Podemos guardar isso para nós enquanto você está passando por esse momento, depois contar ao mundo quando a poeira abaixar. Quando o mundo do futebol te aceitar.

— Nunca vão me aceitar totalmente. Acho que teria que sair do esporte para termos uma chance de ficar juntos.

— Sair do esporte... — Deixou no ar, querendo que eu elaborasse.

— Talvez treinar outra modalidade. Tenho uns amigos no basquete.

— Não... Você está conquistando um lugar para si e para todas que virão depois. Nosso amor vai prosperar com você treinando a Seleção Brasileira.

— Adri... A gente não vai conseguir ter tudo. Nossa carreira no futebol e nosso amor não vão andar juntos. Assim que o primeiro funcionário da ABF descobrir sobre nós, vai nos denunciar ao comitê de ética, então eu serei demitida, e você, desconvocado. Nunca mais entrará na lista de jogadores.

— Olha... Amanhã eu vou te ver, te abraçar para matar a saudade. Depois, vou te seguir até em casa e te beijar até você me expulsar do seu apartamento. E, pela manhã, nós vamos dar um jeito nisso.

Eu queria ter a mesma convicção que ele, mas era impossível. Sabia que nosso amor estava fadado a ser condenado por quem estivesse de fora. Se ele fosse um jogador qualquer, de outro país ou que nunca fosse convocado, haveria questionamento, mas nos deixariam em paz depois de um tempo. Poderíamos viver o nosso amor. Mas ele jogava em um dos maiores clubes do Brasil, era referência na posição e já apareceu na lista do meu pai. Sua viagem para o Equador seria no mesmo voo que o meu. Não havia a possibilidade de a imprensa e as redes sociais nos deixarem em paz.

Como meu pai bem disse, eu não podia pisar fora da linha. Mesmo que essa linha fosse bem fininha, e meus pés, enormes. Eu era pioneira em um cargo que abriria ou fecharia portas para todas as mulheres no Brasil. Não podia decepcionar.

Na mesma hora em que desligamos, abri a conversa com Thelma e mandei um áudio para ela.

— *SOS, amiga. Cheguei. Preciso de você e um vinhozinho, por favor.*

Precisava de companhia para não fazer nenhuma besteira. Felizmente não havia chance de eu querer subir para a cobertura 2, pois Adriano estava na concentração para o jogo de amanhã, dentro do Bastião. Esse risco eu não corria, mas Thelma e eu tínhamos muito o que conversar.

NONO

AMOR NUNCA É UM PROBLEMA

23 de janeiro de 2022.

Voltar ao centro de treinamento do Bastião naquela manhã era uma sequência de nostalgia. Todos os funcionários por quem passei e as jogadoras do time feminino pararam para me saudar, quiseram conversar e me desejaram coisas boas, como se eu estivesse longe há anos e não há alguns dias.

Escolheram o campo 6 para o jogo treino. Era o único com uma pequena arquibancada, em que algumas partidas das categorias de base eram realizadas. O espaço estava cheio; jornalistas, jogadores de outras categorias e funcionários lotavam os dois andares de bancos. Em uma área reservada debaixo de uma tenda, do lado oposto da arquibancada, colocaram algumas cadeiras para nós. Felizmente, pois conseguimos fugir um pouco do calor do verão no Rio de Janeiro. De fato era um sol para cada um.

Eu estava de uniforme da comissão. Meu pai tinha sugerido que fôssemos todos com as camisas brancas de treino e bermudas verdes. Pelo menos o tecido era leve, o que facilitou com a temperatura complicada. Meu tênis não era recomendado de jeito nenhum para a prática de esportes, mas era bonito, branco com listras azuis perpendiculares.

Antes mesmo que eu pudesse me sentar, o treinador do time principal veio nos cumprimentar. Ele começou pelo meu pai, trocando algumas palavras, mas logo foi falar comigo. Tínhamos uma relação profissional muito cordial, mas ele fez questão de me dizer boas palavras de encorajamento.

— Saiba que estamos todos orgulhosos por você ter passado aqui pelo clube. Tenho certeza de que fará um excelente trabalho na Seleção Brasileira. Não escute o que os outros têm a dizer, são críticas baseadas em nada, pois vêm de pessoas que não acompanharam o ótimo trabalho que você fez aqui e durante sua carreira.

— Obrigada pelas palavras, professor.

— Por nada, menina. Espero que goste do jogo hoje. Seja bem-vinda de volta à sua casa. E, se for levar algum dos meus atletas, cuide bem deles.

Ele se afastou, indo falar com os outros. Com isso, alguns dos jogadores que terminaram o aquecimento aproveitaram para nos cumprimentar. E, sim, isso incluiu um jogador em específico.

— Ei, dengo. — Parou ao meu lado, tocando meu ombro com o seu. — Que saudade — disse baixinho, passando o braço pela minha cintura em um abraço desajeitado.

— Ei, Adri. É bom te ver de novo. Você não faz ideia do quanto. — Apoiei de leve a cabeça em seu ombro e me afastei.

— Tudo certo para mais tarde? — questionou de braços dados na minha frente, um espaço respeitoso entre nós.

Franzi o cenho, sem saber exatamente a que ele se referia.

— O que vai acontecer mais tarde?

Ele se inclinou, me dando um sorriso bem cafajeste, e sussurrou:

— Uma noite inteira de amor antes de nós dois sermos obrigados a conviver por vários dias em um ambiente profissional.

Olhei ao redor, mas ninguém estava sequer preocupado conosco.

— Vai jogar futebol, homem.

Empurrei seu ombro, saindo de perto. Outros jogadores vieram falar comigo, mas nossos olhares continuaram se cruzando. Felizmente o jogo tinha que começar e todos se afastaram.

Sentei-me perto de Bruno, o outro preparador físico do meu pai. A partida foi movimentada, com o time do Bastião, que era melhor, impondo seu ritmo. O Bangu não fez o que se espera de times menores quando enfrentam os grandes, que é se fechar na defesa. Eles tentaram sair para o jogo, atacar. Claro que, por ser um jogo treino, os times não tinham nada a perder. Mas os gols do time de azul começaram a sair, fechando o placar em 6x1. Como a partida não valia nada, os gols não eram comemorados, no máximo um jogador batia na mão do outro ou davam um grito; exceto pelo quinto gol.

Adri marcou de cabeça e fez um C com a mão. Ele não era o primeiro a comemorar assim; outros jogadores faziam letras na comemoração dos gols, como o L do Germán Cano, ex-Vasco, que agora jogaria no Fluminense. Levei um segundo para entender porque ele vinha em nossa direção fazendo um C com a mão, olhando para mim, mas antes que eu me desfizesse em uma poça de desespero no chão, Adriano passou por mim e foi até o rapaz da TV do clube, que estava filmando.

Respirei muito, muito aliviada.

A campainha tocou no fim da tarde e eu sabia exatamente quem era. Para não terem avisado lá embaixo, só poderia ser uma pessoa. No minuto em que abri, fui brindada pelo sorriso frouxo de Adriano e pelo olhar aquecido que ele me deu. Foram tantas promessas escritas ali, que perdi toda a vontade de relutar contra o que eu sentia.

O que eu sabia que *ele* também sentia.

— O senhor quer entrar para tomar uma xícara de café? — ofereci, brincando. Saí da frente da porta, deixando que entrasse.

— Não seria muito incômodo? — perguntou, já do lado de dentro.

Foi só o tempo de eu bater a porta e ele imprensou meu corpo contra ela. Segurou meu queixo, seu rosto pairando a centímetros do meu.

— Gostou do gol? — Seu indicador afagava meu rosto.

— Era para mim? — rebati, arregalando os olhos.

— Para quem você acha que foi? Eu corri na sua direção fazendo um C e só desviei para não dar muito na cara.

— C de...

— Caxias. L achei que daria muito na cara, e já tem outros jogadores que fazem isso. E, se alguém me perguntar, posso dizer que é pros meus sobrinhos, Clara e Caio.

— Adri... — Ri sozinha, pensando em como esse cidadão não tem noção do perigo. — Por que você se arrisca assim, homem?

— Porque eu sou louco por você. — Seus olhos brilhantes perfuravam os meus. — Porque eu te amo. Eu te amo — repetiu, enfático. — E às vezes não consigo me conter.

— Adri...

Eu estava repetitiva e parecia que a única palavra em meu vocabulário era seu apelido. Mas tudo que eu queria era retribuir suas palavras, embora soubesse que alimentar suas esperanças era a coisa errada.

— Não precisa dizer se não sente — garantiu. — Eu sou paciente e determinado, posso esperar te conquistar.

— O problema é que você já me conquistou, Adriano. O problema é que eu também sou louca por você, e não deveria. O problema é que eu também te amo.

— Amor nunca é um problema — sussurrou, o nariz roçando o meu.

— Nesse caso é um problema, sim, porque não sei como te amar sem acabar com os nossos sonhos.

— Nós vamos conversar direitinho e encontrar um jeito — afirmou.

Circulei sua cintura, deixando minha mão entrar por baixo de sua blusa. — Mas agora nós temos outro assunto para acertar.

— E que assunto é esse?

— A senhorita está me devendo um beijo.

— Estou, é? — Eu não me lembrava exatamente de estar devendo nada.

— Sim. — Passou o polegar pelo meu lábio inferior. — Desde que começou a me ignorar depois que a gente fez amor, se recusou a me ver no Natal, na virada do ano, depois se escondeu de mim na Europa... Esta noite eu vou te beijar inteira, pelas semanas em que não pude sentir você. Amanhã vamos acordar e conversar sobre o que tem que ser conversado, mas hoje à noite os planos são outros. Estamos de acordo?

— Completamente.

Sem esperar mais nenhum segundo, Adriano avançou em meus lábios, começando a demonstrar na minha boca toda a sua dedicação.

Olhei para o relógio quando meus olhos se abriram, me surpreendendo ao notar que já eram mais de onze da noite. Adriano estava acordado, pois lentamente acariciava minha espinha com a ponta do indicador. Logo a realidade voltou a me perseguir. O amanhã viria com a dura realidade. Todos nós embarcaríamos juntos para o Equador, onde seriam os primeiros amistosos. No mesmo voo da comissão técnica estariam os jogadores dos clubes do Rio de Janeiro, inclusive aquele cujo peito me servia de travesseiro.

— Você está acordada há dois segundos, mas já está com a cabeça fritando — disse com a voz baixa.

— É o desespero de saber que não vou ter isso aqui todo dia. — Ergui o rosto para encará-lo, com o queixo apoiado em seu peito. Adriano não parecia muito melhor que eu. — Eu estou fritando há dois segundos, mas você parece estar há mais tempo que eu.

Rindo sozinho, ele segurou meu rosto nas mãos e me deu um beijo curto, bem de leve.

— Não quero ficar pensando no que vai ser de nós amanhã, mas a gente precisa, né? — questionou, parecendo um pouco contrariado.

— Acho que sim, Adri. — Suspirei, a frustração vindo com força. — Eu não quero que a gente tenha que se esgueirar, mentir para os outros. Quero te amar sem ter que me esconder. Só que não consigo encontrar uma forma de fazer isso.

— Não sem que idiotas criem teorias conspiratórias a seu respeito. — Com o polegar ele afagou meu queixo, distraindo-se. — Queria que ninguém pudesse se meter entre a gente.

— Eu também. — Ainda o encarando, senti uma lágrima descer. Escondi o rosto no seu peito de novo, seus braços fortes me prendendo mais perto dele.

— Eu te amo, Laura — afirmou, me puxando mais para cima. Meu rosto pairou sobre o seu. — Eu te amo e não vou desistir de nós dois, nem que eu tenha que esperar.

— Eu também te amo.

Nós começamos mais um beijo apaixonado, que roubou todo meu raciocínio. Fiz questão de mostrar em cada toque o quanto o amava, mas era Adriano quem estava determinado a derreter meu coração:

"Você é tudo nesta vida", sussurrou, girando nós dois na cama, até ficar por cima. *"Eu me sinto abençoado toda vez que te tenho em meus braços"*, continuou depois, beijando meus seios. *"Vou largar tudo, se você quiser"*, disse ao pé do meu ouvido. *"Vou para onde você for"*. *"Amo sentir sua boca na minha"*. *"Nós vamos viajar o mundo juntos e eu vou fazer amor com você em todos os lugares em que nós formos"*. Suas promessas eram sérias, variadas. E o pior é que elas não pareciam mentirosas. Para o meu espanto, Adriano parecia decidido a desistir de tudo: de sua carreira no futebol, dos milhões que recebia por mês e que mudaram a vida de sua família, se eu simplesmente pedisse a ele.

E eu não podia pedir algo assim, mas também não sabia o que fazer para terminar isso sem destruir nossos corações pelo caminho.

Então fui covarde e não fiz nada.

Eu o deixei me amar mais de uma vez naquela noite, até que ambos adormecemos ali. Deixei o barco seguir, mesmo sabendo que águas revoltas se aproximavam.

Uma tempestade estava se formando, e nenhum de nós se preocupou em se proteger.

DÉCIMO

MOSTRAR COM MEU TRABALHO

24 de janeiro de 2022.

A van de 14 lugares estava quase cheia. Os quatro atletas que vieram em nosso voo, dois do Bastião e dois do Flamengo, estavam no fundo. Na esquerda de quem entrava, havia dois bancos solitários, e eu escolhi me sentar no primeiro deles. Os outros membros da equipe já estavam nos bancos duplos à direita. Permaneci com os fones de ouvido, decidida a não me misturar às conversas. Estava nervosa pelo que me esperava, pelo trabalho que finalmente começaria com os atletas, mas também pela presença de Adriano. Quando nos encontramos no prédio da ABF, na Barra da Tijuca, o sentimento era de total estranheza. Nós nos vimos pela manhã, já que ele só deixou minha casa após tomarmos café juntos. Estive em seus braços, dividimos a cama e o chuveiro. E tivemos que fingir que éramos meros conhecidos do clube.

O trajeto entre o aeroporto e o hotel não era longo, mas eu tinha tanto trabalho para resolver, que mergulhei naquilo para fugir do meu entorno. Os treinamentos físicos já eram para estar todos resolvidos, mas Bruno, que dividia a função de preparador físico comigo, demorou semanas para concordar com minhas sugestões. Eu tinha meu próprio ritmo de trabalho há um tempo, já que era a única preparadora na comissão de Arthur. Agora estava dividindo a função com outra pessoa e tentando me adequar, mas parecia ser impossível trabalhar com Bruno, mesmo que estivéssemos juntos há pouco tempo. Ele simplesmente gostava de deixar tudo para cima da hora e improvisar, algo que sempre abominei.

Manter o controle dos meus arredores era importante. Saber onde estava me metendo. Ter planos de contingência. Sempre foi assim comigo, mas meu parceiro trabalhava em outra frequência.

Não questionaria meu colega nem reclamaria com meu pai; não queria parecer a menina mimada que não sabia se encaixar. Eu daria o meu jeito, me prepararia o máximo que pudesse. Precisava chegar no sapatinho, nada de já querer sentar na janela.

A forma de trabalho de Bruno trouxe meu pai até a Seleção Brasileira.

Quem eu era para querer mudar tudo?

— Ei, novata! — chamou o dito cujo, virando-se na poltrona da minha diagonal esquerda. — Seu pai quer um treino leve de academia para os atletas que se apresentarem hoje. Alguns estão vindo de uma longa viagem na Europa, mas ninguém treinou hoje. O que você sugere?

O que era isso? Um teste?

Peguei uma das folhas em minha pasta e entreguei a ele. Eu tinha me preparado para essa situação, enviado para meu parceiro o treino leve de recuperação pós-viagem, e ele tinha respondido o e-mail como aprovado. Bruno havia se esquecido?

— Ah, ótimo. — Ele se levantou na van e foi até meu pai, que estava nos bancos da frente. — Aqui, Lê. — Entregou a folha, falando alto. — Vamos dar este treino aqui, uma série tranquila. Amanhã faremos o esquema de sempre no campo.

Eles começaram a conversar em tom mais baixo e eu quis rir da minha desgraça, pois o homem falava como se tivesse efetivamente planejado qualquer coisa, seja o treino de hoje ou qualquer outro da passagem dos atletas da Seleção, quando o e-mail que enviei com tudo isso ficou mofando em sua caixa de entrada e foi respondido com um "show de bola, vamos em frente com isso". E detalhe: a resposta dele só veio nessa madrugada, uma clara demonstração de alguém que deixou tudo para cima da hora.

Apenas respirei fundo e foquei no que estava fazendo. Não era a primeira vez que um homem se aproveitava do meu trabalho, e não seria a última.

Chegando ao hotel, a comissão desceu e os atletas foram em seguida, mas acabaram ficando para trás, pois alguns torcedores quiseram tirar fotos e pedir autógrafos. Desci por último, com muitas coisas para recolher, já que só percebi que havíamos chegado quando a van parou.

No saguão, um dos funcionários da ABF nos entregou as chaves dos quartos. Todos no mesmo andar, e o meu era o único a não ser dividido. Embora houvesse outras mulheres trabalhando na associação, nenhuma delas viajava com o time. Nisso os jornalistas estavam certos. E minha missão era passar despercebida nesse aspecto, para não me tornar o que os mesmos jornalistas alegavam que eu seria: um incômodo para os atletas.

Enfiei-me no final do elevador, que logo se encheu com outros profissionais da comissão. Ao mesmo tempo, os três elevadores do hotel se abriram no sétimo andar do prédio, despejando todo o nosso grupo.

Todas aquelas vozes falando juntas fizeram um sorriso se abrir por debaixo da minha máscara. O futebol foi um dos primeiros esportes a voltar depois da pandemia, mas eu ainda me surpreendia toda vez que ouvia muitas pessoas, porque era sinal de que existia vida.

Olhando os números nas portas, eu me encaminhei para a direita, onde aparentemente era o meu quarto. Eu estava na última do corredor, daquele mesmo lado. Quando estava destravando a porta e colocando a mala para dentro, reparei que dois jogadores se aproximaram do quarto à esquerda. Eu sabia que todos os cômodos do andar seriam ocupados, mas não me preparei para ficar bem de frente para Adriano e Alex.

Ele esperou para entrar por último e piscou para mim, que ainda estava parada na porta, feito idiota. Suspirando, decidi entrar. Aquilo não significava nada. Não era como se Adriano fosse deixar o próprio quarto no meio da noite para invadir o meu.

Não.

Não mesmo.

Oito atletas me encaravam na sala de musculação. Já tinham se passado doze minutos do combinado e Bruno não havia dado as caras ainda. Não que pontualidade fosse o maior traço dos brasileiros, mas eu cheguei aqui meia hora antes para preparar os equipamentos e me certificar de que tudo que eu precisava estava ali.

E ele estava doze minutos atrasado.

— Laura, por que estamos atrasados nisso? — meu pai questionou, deixando de lado a conversa com alguns jogadores.

Todos pararam para ouvir minha resposta.

— Bruno ainda não chegou — respondi, olhando o relógio novamente. Treze minutos.

— Você pode começar sem ele? — insistiu, fazendo o mesmo movimento que eu, de verificar as horas.

— Claro.

— Ótimo, vou deixar Laura puxar o aquecimento com vocês e vou procurar onde meu preparador físico se enfiou — disse aos atletas.

Assentindo para me encorajar, deixou a sala.

— Quero dois na bicicleta, dois na esteira, dois na cama elástica e dois na corda. Vamos fazer dois minutos em cada e trocar, ok?

Fui direcionando os exercícios de aquecimento, fazendo todos eles se prepararem para a musculação. Já ao final do processo, quando estava dividindo cada um em sua carga de exercícios, meu pai voltou com Bruno. O rosto do meu parceiro estava sério como poucas vezes vi. Ele acenou para mim e ficou no canto.

— Pode passar a série do Bastião e do Flamengo? Eu fico com os caras que vieram do voo longo — pedi assim que Bruno parou ao meu lado.

— Sim, claro. Qual é mesmo?

Suspirei, puxando o celular do bolso. Copiei o resumo que tinha colocado em meu bloco de notas e encaminhei como mensagem para ele.

— No seu WhatsApp — avisei.

Tudo parecia caminhar bem com os meus quatro atletas, então me afastei um pouco para deixá-los à vontade. Até que um deles — Beto, jogador da Premier League, o bonzão —, chegou a um exercício de força em que era necessário ajuda para recolher a barra com o peso. Eu me aproximei, mas ele me ignorou.

— Ei, cara, me ajuda nesse aqui — pediu.

— Não se preocupe, Rodrigo — falei para o jogador, que logo se levantou do próprio aparelho. — Continue na sua série.

— Vai ficar pesado para você — avisou Beto, o babacão.

— Se ficar pesado, eu peço ajuda. Mas não se preocupe comigo.

— Tudo bem — disse, dando de ombros e se deitando no banco do supino. — Só não deixa cair em cima de mim, tá legal?

Ignorei, ajudando no que foi necessário. Beto não sabia, mas eu ralava na academia e conseguia levantar o mesmo peso que ele, de acordo com suas avaliações físicas. E, como eu disse, se fosse peso demais, era só chamar Bruno ou qualquer outro integrante da comissão técnica para me ajudar.

Mas as piadas continuaram. E quando os quatro acharam que eu estava longe, porque me retirei no fim daquele exercício para dar privacidade a eles, os comentários ficaram desagradáveis.

— Minha preocupação só é a gente chegar detonado no clube porque ela não deu o exercício direito — murmurou Beto.

— Você faz esses exercícios todo dia, cara. Não tem muito erro —

respondeu Rodrigo, dando de ombros.

— É, mas e se ela montar um treino errado? — insistiu o babaca.

— Tem o outro preparador, o Bruno — pontuou Everton, outro jogador. — É só não forçar. Se a gente vir que ela está surtando em alguma coisa, falamos com o treinador.

— Que é o pai dela, porra. Como se ele fosse tirar a filhinha querida porque meia dúzia de marmanjos quer — opinou Pedrinho.

— Vai acabar que quem reclamar dos treinos vai parar de ser convocado — garantiu Rodrigo. — Espera só para ver.

Senti vontade de chegar perto deles e dizer que ouvi tudo; exigir que me respeitassem e mostrar que eu tinha diploma e experiência que me certificavam para estar ali. Mas não faria diferença para os idiotas, então decidi mostrar isso com meu trabalho e ganhar a confiança deles.

Teríamos tempo.

Mais tarde, no jantar, todos os jogadores estavam reunidos. Estes não fariam academia hoje, para poderem se alimentar bem e dormir. A ideia era pegar firme no treinamento de amanhã, o primeiro do meu pai com todos.

Leandro Caxias não tinha inovado tanto na convocação. Boa parte dos jogadores que estavam presentes aqui eram chamados pelo antigo treinador, com exceção de alguns nomes, como o de Adriano. Isso significava que vários dos atletas se conheciam e que o jantar era meio que uma reunião de grandes amigos.

Nunca trabalhei com uma Seleção, nem mesmo a Feminina, o que significava que não estava acostumada com esse ambiente. Minha rotina era ver as mesmas pessoas todos os dias, então estava assistindo a tudo com muita curiosidade. Valdemiro, o capitão da equipe, bateu com o garfo em um copo, pedindo atenção, e ficou de pé.

— Boa noite a todos! — falou, e recebeu um coro de "boa noite" como resposta. — Gostaria de começar dizendo que é uma enorme honra seguir nesta equipe com a chegada do novo professor, Leandro, e de sua comissão técnica. Queria pedir uma salva de palmas da galera para eles. — Seu pedido foi atendido e uma rodada de aplausos se seguiu. — Professor, como de praxe, os novatos precisam se apresentar aqui. Então, como são cinco os novos convocados pelo senhor, gostaria de pedir permissão para começarmos o trote. A menos que queira dizer alguma coisa.

Sorrindo, meu pai negou com a cabeça.

— Vou deixar para falar depois do trote. Fiquem à vontade. — E recostou-se na cadeira para assistir.

Um por um, os cinco novos convocados subiram em uma cadeira para dizer nome, idade e como receberam a notícia da convocação. Depois, tinham que contar uma piada ou cantar uma música.

Adriano foi o último.

— Meu nome é Adriano Silva, tenho trinta anos e sou zagueiro do Bastião. Já tinha passado pelas categorias de base da Seleção Brasileira, mas é a primeira vez que tenho a honra de ser convocado, e gostaria muito de agradecer ao professor Leandro pela oportunidade. Espero fazer jus a essa confiança. Agora tem que cantar, né? — comentou, rindo. — Pode ser aquela... *Fulminante*... Como é que começa mesmo?

— Eu ameeei... — um jogador puxou, com força. Os demais começaram a bater o ritmo do pagode na mesa e a cantar junto.

Meus olhos ficaram hipnotizados por aquele homem. Ao escolher a música certa, Adriano fez os outros acompanharem a cantoria com ele, mas o carisma e o coração de um apaixonado estavam expostos.

Eu só esperava não estar babando.

Todo o salão cantou junto o refrão, que deixou os pelos dos meus braços arrepiados:

Aí você veio e me deu proteção.
Baixou minha guarda, mexeu com a emoção.
Tiro fulminante no meu coração.
Já era, já era.
O amor, quando cerca, não dá pra correr.
Pode até ferir, mas eu quero viver.
Eu corro esse risco se for com você.
Já era, já era.

A música acabou e o clima de festa também, porque meu pai ficou de pé para falar.

— Bom, senhores, foi divertido, mas eu queria aproveitar este momento para dizer algumas palavras. — Com a atenção de todos em si, prosseguiu: — É uma honra enorme estar à frente deste projeto, mesmo que seja em um momento crítico. Temos menos de um ano de trabalho para a competição mais importante do nosso esporte. Eu preparei uma apresentação para amanhã, mas achei que não precisaria abordar alguns assuntos. Por "n" motivos, vou ter que falar disso. Porém, primeiro gostaria de apresentar formalmente a minha comissão técnica, que trabalhará com este grupo ao longo do ano. Contudo, não vou fazer ninguém cantar.

Sob risos, meu pai começou a chamar um por um para ficar de pé. Dizia os nomes, as funções e brevemente como conheceu e começou a trabalhar com cada um. Como sempre, eu fui a última.

— A mais recente adição ao grupo é a minha filha, Laura Caxias. Eu sei, ela chegou trazendo muitas polêmicas. — Alguns risinhos foram ouvidos. — E é por causa dela que decidi fazer este primeiro discurso logo hoje. — Com o semblante sério, meu pai continuou a falar, olhando cada um com firmeza. — Podem chamar de nepotismo o quanto quiserem, mas se ninguém deu oportunidade para mulheres talentosas até aqui, a culpa não é minha. Não é a primeira vez que pai e filho trabalham juntos no futebol. O ex-treinador da Seleção tinha o filho como auxiliar. Mas é a primeira vez que uma mulher ocupa um cargo desses, e tenho certeza de que boa parte das críticas se deve a isso, ao fato de não suportarmos ser comandados por mulheres, ainda mais no futebol.

"Nós, homens, nos achamos os donos do esporte; e tudo em que as mulheres colocam a mão, nós queremos questionar. É como se muitos ainda achassem que o lugar de mulher é na cozinha. Para aqueles que acham que ela vai errar nos treinamentos, ensinar os exercícios errados e fazer com que voltem detonados ao clube, sugiro que vejam o currículo da Laura, a sua formação acadêmica e o que ela fez na campanha passada do time feminino do Bastião, que tinha diversas atletas machucadas. Só para constar, ela era a única preparadora física daquela comissão técnica.

"Se alguém tiver problema com a presença dela e com o trabalho que ela está exercendo, venha falar comigo. Mas não quero escutar resmungos quando pensarem que não estamos escutando. Tenho certeza de que vocês não gostariam de ouvir o que eu ouvi, se fosse sobre suas filhas, namoradas, esposas... as mulheres em suas vidas. Sei que o Alex não gostaria que questionassem o profissionalismo da namorada dele, a Bianca. Nem que falassem mal dos métodos de trabalho da Amanda, esposa do Rodrigo.

Muito menos do talento da Isa, filhinha do Valdemiro. Então vamos respeitar, por favor, a profissional que foi contratada para desempenhar um serviço, e que até o momento não deu nenhuma indicação de que fará um trabalho ruim."

Eu simplesmente não sabia onde me enfiar. Agradecia por meu pai querer que me respeitassem, mas não desejava que fosse assim. Eu mostraria que merecia estar ali, através do meu trabalho.

Nós jantamos logo na sequência, com o clima melhorando gradativamente. Em seguida, fomos liberados para voltar aos nossos quartos e nos alojar. Sozinha no meu, todo aquele longo dia passou pela minha cabeça. Despertar nos braços de Adriano, nos despedir sabendo que seria a última vez, o encontrar na convocação, o voo até aqui, o primeiro treinamento com os atletas, Adriano cantando *Fulminante*...

O discurso do meu pai.

Deixei a água do chuveiro levar embora todo o sentimento de dúvida, todo o susto, tudo que não me fazia bem naquele momento. Amanhã seria um dia ainda mais importante do que foi hoje, e eu precisava estar em paz, centrada.

A campainha do meu quarto tocou quando eu já estava de pijama, pronta para dormir. Certamente seria um homem na minha porta, então escolhi colocar meu roupão. Era de seda, mas ia até o pé. Meu pijama era comum, porém de alça e curto. Não era indecente, só que eu não queria dar motivo para ninguém falar.

Abri apenas uma fresta, vendo meu sonho e pesadelo parado bem ali.

— Adriano, o que está fazendo aqui?

— Vai me deixar entrar? — pediu com um sorrisinho no rosto.

— Não posso. — Balancei a cabeça, me recusando a abrir espaço. — Aqui não, Adri.

— Ninguém vai saber que eu vim aqui. Alex já está dormindo. Deixa eu entrar.

— Adri, não. Eu falei sério hoje de manhã. Não podemos fazer isso aqui, por favor. — Suspirei, com medo de que houvesse alguém no corredor. — Volte para o seu quarto. A gente conversa quando voltar para casa.

— Mas, Laura...

— Tchau, Adri.

Empurrei a porta, querendo que ele fosse embora o quanto antes.

— Laura, por favor. — Ele colocou o ombro e apenas uma fresta ficou aberta. — Eu vou embora. A gente conversa em casa. Só queria que você soubesse que eu te amo e que estou morrendo de orgulho de te ver aqui. Boa noite.

E soltando a porta, ele se afastou.

DÉCIMO PRIMEIRO
CIÚMES

26 de janeiro de 2022.

Minha playlist de academia tocava tão alto em meus fones, que entrei em um transe e simplesmente perdi a noção do tempo e do lugar. O que era bom, considerando que estava levantando mais peso que o normal para conseguir foco.

Apesar dos olhares desconfiados que continuava recebendo, não tive que ouvir piadinhas de nenhum lado nos últimos dois dias. Ontem e hoje dirigimos dois treinos, um pela manhã e outro pela tarde. Amanhã faremos atividade física leve no período matutino, e vídeo na parte da tarde. Felizmente o esquema de jogo do meu pai era o mesmo do técnico anterior: o bom e velho 4-4-2. Com isso, os jogadores não precisavam aprender uma nova forma de jogar, apenas focamos nas diferenças táticas e nos novos atletas que ele queria em campo, em funções diferentes.

Tivemos muito trabalho, mas todos pareciam focados na missão. Era ano de Copa do Mundo, afinal. A realidade não era a que se esperava, mas a que se desenhava à nossa frente. E ninguém ali queria ser cortado da Seleção no ano mais importante do ciclo.

Estava tão focada e desligada, que quase derrubei um peso de vinte quilos no meu pé, da remada alta do exercício de sumô, quando alguém tocou meu ombro. Era Diego, o preparador de goleiros.

— Que susto! — falei, ofegante, tirando o fone de ouvido.

— Desculpa, Laurinha. Não queria te assustar.

— Nada. Eu que estava desligada da realidade. — Me abaixei para pegar a garrafa de água, esperando que ele dissesse a que veio.

— Machucou o pé aí?

— Não. — Ri da minha própria desgraça. — Mas foi por pouco.

— Seu pai está te procurando. Quer falar alguma coisa sobre o aquecimento de amanhã.

— Sabe onde ele está, Diego?

— No quarto dele, reunido com os auxiliares. Falta muito para terminar aí?

Meu olhar se desviou para o lado, vendo Adriano do lado de fora da academia, pelas portas de vidro. Ele olhava para nós dois com uma cara de poucos amigos. Os braços estavam na cintura, as pernas afastadas. Inacreditável tamanho ciúme em seu rosto, porque era isso. Toda sua expressão corporal denotava isso.

E era por esse motivo que eu não queria dar esperanças de um relacionamento a ele.

— Eu tinha uma esteira para fazer, mas fica para depois. Vou terminar esse sumô aqui e já apareço lá.

— Ok. — Ele apertou meu ombro, se afastando. — Aviso a ele.

Quando saí da academia, alguns minutos depois, Adriano não estava mais lá.

— Dama na área! — gritei, entrando no vestiário.

Todos os atletas já estavam em campo, mas eu usava aquele código o tempo inteiro. Era para eu estar lá com eles, mas o inútil do Bruno não consegue fazer a parte dele direito e sobra sempre para mim. Sim, inútil. Minha paciência com aquele homem se foi totalmente.

E o trabalho estava só começando.

Pedi a ele para levar o saco com os materiais para o aquecimento, mas o *inútil* esqueceu. E, em vez de voltar para buscar, pediu que eu viesse porque era "mais rápida".

E a trouxa veio!

Passei apressada pelos jogadores no caminho e eles me olharam estranho. Eu também olharia estranho para mim. Como um preparador físico manda os atletas subirem para o campo e esquece materiais básicos como bolas e cones?

Peguei o saco enorme e fiz o caminho de volta.

Felizmente, o pesadelo que pensei que seria frequentar o vestiário não se mostrou nenhum bicho de sete cabeças. No treino dessa manhã, eu tinha avisado os jogadores que os respeitava e que não queria que ficassem incomodados comigo, porém eu teria que entrar lá naquele espaço mesmo que eles estivessem trocando de roupa. Brinquei dizendo que já tinha visto muitos homens nus e que não era novidade, mas que avisaria toda vez que fosse entrar e que não iria para a parte dos chuveiros, a menos que houvesse uma emergência. Foi um dos jogadores do Flamengo que sugeriu o "dama na área". Alguns ficaram tímidos com a minha presença, mas fiz exatamente o que prometi. A equipe de filmagem tinha acesso ao vestiário também, então os atletas sabiam que não deveriam andar nus ali se não quisessem ser filmados.

    Acho que, com o tempo, eles iriam se acostumar. Homens sem camisa eram uma constante nessa profissão. E eles perceberiam que meu interesse era unicamente que os corpos deles estivessem preparados para noventa minutos de bom futebol.

    Só tinha um corpo ali naquele grupo que eu desejava, mas estava passando bem longe dele no momento.

    Com o material em campo, o aquecimento funcionou bem. O tempo voou e, antes que eu percebesse, já tínhamos descido para o vestiário, onde os jogadores colocaram o uniforme amarelo da Seleção, pois era hora de a bola rolar. Nós nos reunimos para o tradicional círculo de oração. Meu pai disse algumas palavras de incentivo, como sempre, porém quem mais falou foi o capitão, Valdemiro. Outros líderes do elenco também se manifestaram, todos com o mesmo discurso motivador, citando a nova fase com um novo treinador. Na saída, parei com o kit de máscaras em mãos para entregar aos jogadores reservas. No final, vários deles se aproximaram ao mesmo tempo e me enrolei de leve. Adriano passou direto e o chamei. Desde que me viu na academia, ontem, ele estava estranho; olhando para mim com a cara feia, falando o mínimo. Dessa vez, ele parou ainda de costas e pude ver seus ombros caírem antes de se virar para falar comigo.

— O quê? — indagou, exasperado.

— A máscara.

Ele olhou para o objeto estendido em minha mão como se fosse um ser de outro planeta. Com um resmungo, o pegou e me deu as costas.

Seco, frio e rude.

Sem tempo para aquele drama, segui a vida, cuidando dos meus afazeres. Por coincidência do destino, quando subi para o campo, havia apenas um lugar no banco dos reservas: aquele ao lado de Adriano. Pensei em não me sentar, mas não pretendia ficar o jogo inteiro de pé, então era melhor passar por essa barreira de uma vez.

    Os primeiros minutos foram de silêncio absoluto. Não se ouvia sequer a respiração dele ao meu lado. Mas eu sou uma mulher sem paciência e tempo para esse tipo de infantilidade.

— O que foi que aconteceu? — perguntei baixinho, para que apenas ele ouvisse. Meu banco era o último e não havia ninguém sentado à esquerda, mas não quis correr o risco de outra pessoa escutar.

— Do que você está falando? — resmungou.

— Por que você está sendo grosso comigo desde ontem?

Ele suspirou, abaixando a cabeça nas mãos. Alguns segundos depois, voltou até mim.

— Eu preciso ficar focado no jogo, Laura.

— Tudo bem. Só não precisa me tratar assim.

— Eu preciso ficar focado no jogo, mas só consigo pensar no jeito como o Diego estava te olhando ontem. Sabia que ele ficou uns cinco minutos parado, te encarando malhar, antes de te chamar, mas você estava tão focada no exercício que não percebeu? Os olhos dele estavam colados na sua bunda empinada, de uma forma totalmente desrespeitosa. Eu queria entrar lá e enfiar a cara dele na parede, para ver se ele aprendia a ter respeito por você, ou pelo menos gritar para ele parar de encarar o que era meu, mas não tenho esse direito, porque você insiste que devemos ficar separados.

— Adri, se você já entrou em uma academia, sabe que isso infelizmente acontece. E foi exatamente por isso que eu disse que não podemos ter um relacionamento. Só o fato de você ver outro cara olhando a minha bunda já te fez perder o foco no trabalho. Eu sabia que não poderíamos ser profissionais se estivéssemos juntos.

— Eu sei ser profissional em qualquer situação, tanto que me segurei e não soquei a cara dele ontem.

— Mas está me tratando todo seco, como se eu tivesse alguma culpa por te fazer sentir ciúmes.

Ele suspirou de novo e, pela primeira vez, olhou para mim.

— Acalmaria o meu coração saber que, apesar de tudo, você é minha.

— Então você vai precisar encontrar outra maneira, porque está mais do que claro que não vamos conseguir separar as coisas e ter um relacionamento escondido. — Sem paciência para continuar a discussão, me preparei para levantar. — E, por favor, encontre seu foco bem rápido, porque o jogo já começou e meu pai pode precisar de você a qualquer momento.

Dando alguns passos à frente, fiquei próxima do meu pai. Respirei fundo várias vezes, tentando ler o jogo.

Consegui me distrair um pouco ali, conversando algumas coisas com ele. Um jogador deles foi expulso logo no começo, mas um dos nossos também foi na sequência, o que embaralhou os planos. Pelo menos não ficamos em desvantagem numérica. Perdemos o lateral direito, então tivemos que substituir um jogador de meio-campo para não bagunçar a defesa. No final do primeiro tempo, meu pai me pediu para começar o aquecimento de alguns jogadores que ele queria testar, mesmo com a situação adversa da partida. Entre eles, sim, estava Adriano.

Fomos para trás do gol com outros dois jogadores: um meia e um atacante. Adriano só me olhava para falar o necessário, mas estava sério, focado. Isso era bom, já que seria sua estreia no time. Mas, nos acréscimos do primeiro tempo, um equatoriano marcou, nos deixando atrás no placar.

Foi falha do zagueiro que teria que sair para Adriano entrar: ele mesmo, Beto, o babacão.

Fechei os olhos ao ver Adriano pisar em campo, pedindo a Deus que lhe desse uma boa estreia, que o protegesse de lesões e que ele pudesse fazer a diferença na equipe.

Bom, Deus deve ter ouvido minhas orações, porque lá pelos doze minutos ele tirou uma bola em cima da linha, que seria o segundo gol do adversário, e no contra-ataque seguinte marcou um gol de cabeça. Ele saiu correndo feito um louco, comemorando e fazendo o C com a mão. Ele disse ao mundo que era para os seus sobrinhos Carla e Caio, mas eu sabia que não era. Depois de ser abraçado pelo time, Adri bateu na mão de todos os membros da comissão técnica, inclusive na minha. Piscando para mim, voltou para sua posição em campo, já que o jogo ainda tinha que continuar.

Terminamos com um empate em 1 a 1, que não era o que queríamos, mas era melhor que uma derrota. Começar perdendo levaria uma pressão desnecessária para o trabalho do meu pai. Com um empate, conseguiríamos lidar.

No retorno para o hotel, sentei no corredor, ao lado de Bruno. Havia muito para discutirmos. Qual não foi a minha surpresa quando olhei para a esquerda e Adriano estava do outro lado, me encarando? Ele pegou seu celular e me mostrou, fazendo sinal para o meu. Eu tinha deixado no silencioso e nem reparei que havia recebido várias mensagens, uma delas de Adriano.

> Adri: Por favor, vamos terminar aquela conversa. Onde você quiser. Em algum canto do hotel. Por telefone. Você decide.

> Eu: Parabéns pelo jogo de hoje. E a gente não tem o que conversar.

> Adri: Por favor, dengo. Deixei o ciúme me dominar, mas sei que posso fazer melhor que isso. Me dá mais uma chance.

> Eu: Não.

Nova comissão técnica estreia com empate em 1x1, mas nossos olhos estavam nela: Laura Caxias

Apesar de apresentação bem abaixo, partida foi marcada pela presença feminina

Por Lívia Freitas

Não sei para onde vocês estavam olhando durante o jogo de ontem, contra o Equador, mas aqui na redação estávamos todas focadas na nova preparadora física da Seleção Brasileira, a carioca Laura Caxias. Para os que não a conhecem, ela é considerada uma profissional jovem e promissora entre os times de futebol feminino, tendo alguns dos melhores resultados do Brasil por onde passou: times com bom rendimento nos 90 minutos, poucas lesões por desgaste e rápida recuperação de atletas.

Por telefone, perguntamos a ela como se sentia com a estreia e como foi a recepção dos atletas. De bom humor, ela nos respondeu que "apesar do frio na barriga, estava feliz pelos jogadores terem aguentado até o final do jogo". E sobre a recepção, completou dizendo que "havia muito respeito entre atletas e comissão técnica", e que com ela "não foi diferente".

Apesar dos poucos dias de trabalho e da única partida que vimos, apenas sua presença nos aquecimentos e ao lado do pai na área técnica foi um sopro de esperança para todas nós. Que alegria perceber que espaços estão sendo

CAIU NA REDE

abertos para mais mulheres. Que Laura faça um bom trabalho e nos encha de orgulho!

Quanto ao jogo... Bom, é preciso considerar que, por uma bobagem do nosso lateral direito, perdemos a vantagem numérica que tinha se apresentado. O time se desarrumou e Leandro perdeu a referência que tinha planejado. Mas o grupo soube enfrentar a adversidade e arrancar um empate, que justificou o clamor popular pelo zagueiro do Bastião, Adriano. Convocado pela primeira vez, ele mostrou que é uma peça valiosa para o plantel ao salvar uma bola em cima da linha e marcar o gol de empate na jogada seguinte.

No dia 1º de fevereiro, a Seleção volta a entrar em campo, agora contra o Paraguai. Boa sorte ao nosso time — e à nossa queridinha, Laura Caxias.

IMPEDIMENTO.

Situação complexa. O atleta se coloca em posição irregular quando recebe a bola de outro companheiro de equipe e não há um jogador adversário à sua frente, além do goleiro.

ADRIANO

DÉCIMO SEGUNDO
VOCÊ VAI TER QUE DESENCANAR

8 de fevereiro de 2022.

Coloquei a última bola no ponto da grama de onde eu queria bater a falta. Respirei fundo e comecei a chutar em sequência. De cinco, uma foi na trave, uma para fora e três caíram lá dentro do gol.

Porra, era para eu estar pulando de alegria.

Três de cinco faltas, gol na estreia pela Seleção Brasileira. Tudo andava bem no lado profissional. O problema era outro: a mulher que eu não tirava da cabeça e que parecia se afastar cada vez mais.

Não era de hoje que eu notei que estava apaixonado por Laura Caxias, mas fazê-la perceber isso não vinha sendo uma tarefa fácil. Primeiro porque trabalhávamos no mesmo clube, então nem mesmo a amizade que tivemos por meses saía do nosso prédio.

Alguns amigos a viram aqui, mas sempre achavam que éramos meros conhecidos. Ninguém sabia das nossas maratonas de TV, das noites em que eu a carreguei para o quarto de hóspedes mesmo querendo fazer companhia na cama, das garrafas de vinho que dividimos. Ninguém sabia que eu tinha me esbaldado em seu corpo umas poucas vezes e que largaria tudo para viver a vida inteira assim.

Mas eu entendia o momento que ela estava vivendo. Porra, eu via televisão, escutava meus colegas de time. Por muito tempo, o fato de ela fazer parte da nova comissão foi mais falado do que a troca de treinadores. A primeira coisa que alguns dos meus companheiros perguntaram foi sobre ela, como tinha sido. Usaram a desculpa de estarem curiosos por ela ter sido daqui, mas certamente não foi apenas isso. As perguntas não eram algo como "ela deu bons treinos?", mas mais como "ela viu vocês pelados no vestiário?".

Felizmente, Alex esteve lá também e respondeu todas essas questões desnecessárias, porque eu queria mandar todo mundo se foder.

Pensar em Laura me devastava, porque os vários nãos que ouvi dela ainda soavam bem altos na minha cabeça. Eu queria ir até seu apartamento e fazê-la me dar atenção, ouvir meus argumentos de novo, me deixar dar prazer a nós dois... Mas ela nem está aqui, pois vai passar alguns dias na Granja Conaly.

— Acho que o treinador tinha que te colocar como batedor oficial — Alex comentou, parado na beira do gramado. Estava tão focado que nem reparei na aproximação do amigo.

— Queria acertar tantas vezes assim durante o jogo. Todas as vezes que bati falta em uma partida, a bola foi para fora.

Alex riu e me ajudou a recolher as bolas que já tinham sido chutadas.

— Você está com aquele olhar de novo — comentou quando paramos na marca de cobrança.

— Que olhar, maluco?

— De cachorro que caiu da mudança. Está assim desde aquele dia no Equador. Nunca vi o cara ser convocado para a Seleção Brasileira e parecer estar sendo torturado.

Ri sozinho, completamente sem graça. De certa forma foi mesmo uma tortura.

— Tem uma coisa rolando, mas esquece. Não quero falar sobre isso.

— E você tem outra pessoa para falar a respeito disso? Porque sinto que isso vai te corroer até a morte se não dividir com alguém — alegou, sentando em cima de uma das bolas.

Bati uma sequência de três faltas antes de responder. Precisava pensar primeiro, considerar se deveria falar aquilo para mais alguém. Laura era um segredo que nem todo mundo entenderia. E ainda havia a possibilidade de ele contar a alguém.

— Cara, se eu te contar isso e você abrir a boca, outra pessoa vai sair muito mal na história. Pode perder a grande chance da carreira e tudo mais.

Alex ficou em silêncio e me encarou com atenção. Então eu vi sua ficha cair, me perguntando como ele tinha chegado à conclusão.

— Você está pegando a filha do homem, não está?

Puta que pariu, era óbvio assim?

— Do-do que você está falando? — gaguejei, apenas para piorar minha situação.

— Cara... — E começou a gargalhar, se jogando no gramado. — Você está tão fodido. — Riu mais um pouco, colocando a mão no rosto. — Sério, estou me sentindo meio burro por não ter percebido antes. Ela sempre estava na sua casa, o jeito como você olha para ela, fica seguindo em todo canto que ela vai. Bom, agora que eu já sei, pode me contar tudo.

Não vou dizer a ninguém. E vou te contar um segredo meu para você usar como chantagem, se quiser: vou pedir Bianca em casamento na final do Carioca.

— E se a gente não chegar até lá? — perguntei, me sentando ao lado dele na grama.

— Já viu como estão os grandes do Rio? Um pior que o outro. A final vai ser Flamengo x Bastião, não tem outra opção.

Ri para mim mesmo, pois não dava para confiar dessa forma. O futebol era uma caixinha de surpresas.

— Na primeira vez que vi a Laura aqui no clube, ela veio apressada e eu estava mexendo no celular. Esbarrou em mim, ia cair, mas segurei aquela mulher nos meus braços e quase perdi a cabeça na mesma hora. Sei lá, pode dizer o que quiser, mas a sensação era algo que eu nunca tinha experimentado.

— O famoso amor à primeira vista — comentou, parecendo pensativo também. — Senti algo parecido quando conheci Bianca. Nunca vou esquecer aquela cena.

— E nem eu. Nós ficamos amigos, porque descobri que moramos no mesmo prédio; e porque eu tinha que ficar próximo dela de algum jeito, descobrir mais sobre ela. Eu me apaixonei, ela se apaixonou também. Bem quando começamos a ficar juntos, a sair, a tornar as coisas mais físicas, veio a proposta de ela trabalhar com o pai. Laura já tinha na cabeça essa coisa de que não poderíamos ficar juntos, mas...

— Porque ela trabalhava aqui, né?

— Sim. Mas eu sabia que podia reverter a situação. A gente nem trabalhava em contato um com o outro.

— O que não é o caso na Seleção, né?

— A situação é outra, cara. Esses dias na Seleção só me provaram que eu consigo ser profissional, mesmo completamente apaixonado por ela. Só que eu entendo que as pessoas de fora não vão pensar assim.

— Não mesmo. — Ele riu, sentando no gramado. — O pai dela pediu respeito, mas eu ouvi uns caras do time falando umas merdas sobre ela, sabe? Tem uma galera que parece que nunca viu mulher.

— Dentro da própria comissão técnica. Aquele dia que demorei a chegar no quarto, eu estava passando na porta da academia, ela estava treinando sozinha e um deles estava lá olhando a bunda dela.

Ele olhou adiante por alguns momentos, contemplativo.

— Infelizmente, amigo, você vai ter que desencanar dessa aí. Um relacionamento seria um pesadelo para vocês dois.

— Não tenho nada a perder.

— Tem sim, cara. Menos que ela, é claro. Falta menos de um ano para a Copa do Mundo e você foi um dos poucos nomes que o novo treinador trouxe. Se você for bem, está confirmado lá. Ele não te traria com tão poucos jogos se não te quisesse no time. E, bom, você mandou muito bem nas duas partidas. Meteu gol e tudo, vindo do banco.

— Pô, cara, vivi trinta anos da minha vida sem ir à Copa, sem nem disputar um amistoso. Amo jogar no Bastião, fazer o que faço, essa torcida... Mas eu poderia viver tranquilamente sem isso se soubesse que ficaria com Laura.

— Só que vai sobrar para ela. Sempre vai estourar nela. Se souberem que vocês são um casal e você desistir da Seleção para ficar com ela, é capaz de dizerem que ela te obrigou a desistir; que você não vai defender o seu país em ano de Copa do Mundo porque ela fez a sua cabeça; que ela é menos importante para a Seleção do que você. Tenho certeza de que encontrariam uma justificativa maluca dessas.

— Ninguém precisa saber. É isso que eu quero que ela entenda. Nós fomos amigos por todo esse tempo e ninguém percebeu.

— É diferente, irmão — afirmou, pensativo, negando com a cabeça. — Ela não estava no holofote, como está agora. Todo mundo torcendo para ela errar, sabe? É a primeira mulher na Seleção Brasileira, uma das poucas em esportes masculinos, não só no futebol. Ter um relacionamento com qualquer jogador seria a última pá de cal. A imprensa faria a festa, aqueles que acham que ela não tem que treinar time de homem vão ter um argumento sólido. E nenhuma outra mulher vai poder assumir um cargo desse, porque terão o exemplo negativo daquela que seduziu um jogador.

— Caramba, você foi longe.

— Gosto de analisar e ter uma visão completa da situação — explicou, gesticulando. — Acho que você tem que se perguntar, meu amigo, se o que sente por ela vale a pena esperar. Se vale a pena arriscar a carreira dela e a oportunidade de muitas outras mulheres no esporte só porque você quer transar.

— Eu sou apaixonado por ela, cara, não é só pelo sexo.

— Tem certeza disso? Está apaixonado por ela agora, mas ainda vai estar daqui a um ano? Dois? Dez? Cinquenta?

Parei e pensei. Sim, eu me via feliz com aquela mulher em todas essas fases da vida.

— Tenho certeza de que estaria realizado e faria aquela mulher muito feliz.

— Então não tenha pressa. Não passe o carro na frente dos bois. Por quanto tempo você vai jogar futebol? Talvez mais uns dez anos, se aposentar aos quarenta? Mas não vai ser convocado para a Seleção por tanto tempo, no máximo até a Copa de 2026. Digamos que o pai dela fique no próximo ciclo, não dá para esperar mais quatro anos para ficar com o amor da sua vida? Depois que vocês não forem mais obrigados a conviver na Seleção, é só não jogar no mesmo time em que ela for trabalhar. Por enquanto, seja paciente.

— Vai ser um pesadelo esperar por tanto tempo.

Vê-la sem poder estar junto, abraçar, beijar. Sem poder demonstrar todo o meu amor. Eu teria que encontrar uma alternativa, mas pelo menos um dos conselhos dele funcionou: era hora de exercitar a paciência.

DÉCIMO TERCEIRO

ETERNAMENTE SEU

11 de março de 2022.

— Zagueiros: Beto Ramiro, Adriano Silva... — Leandro chamou meu nome outra vez e me desliguei.

Dei as costas para a TV, saindo da academia. Queria que fosse fácil, mas meus companheiros vieram até mim, bateram em minhas costas e me parabenizaram. Bem que eu queria estar tão contente quanto eles, porém meu peito se enchia de emoções conflituosas. Por um lado, meu desejo era viver esse momento, defender as cores do meu país, jogar a Copa do Mundo e amassar os adversários. Por outro, eu entendia que viver isso era mais um indicativo de que estaria trabalhando com o amor da minha vida, o que apenas nos afastaria.

E eu já me sentia bem afastado dela no momento.

Desde que retornei da Seleção, conversamos por telefone, mas muito brevemente. Laura estava sempre ocupada, sempre se preparando para uma viagem. Pensei em descer e bater em seu apartamento diversas vezes, contudo não queria ser um incômodo. Todas as vezes que eu colocava os pés fora do apartamento, torcia para esbarrar com ela. Para aquele ser o momento em que ela tirava o lixo. Para ela descer para pegar um Uber. Para estar saindo para a academia.

Qualquer coisa que me fizesse cruzar o caminho dela.

É claro que, ao ser convocado para a Seleção, nós nos veríamos. Eu sentiria o seu cheiro. Sentaria ao seu lado no ônibus, talvez. Trocaria algumas palavras na academia. Mas não era a mesma coisa. Não era o que meu coração queria.

Então era difícil aceitar aquilo, aquela convocação, como se fosse o grande sonho da minha vida. Porque meu maior sonho atende pelo nome de Laura Caxias.

Quando consegui me desvencilhar dos meus companheiros, fui para o meu quarto no clube. O almoço seria em uma hora e decidi usar aquele tempo para escrever. Perdi as contas de quantas cartas escrevi em janeiro, quando Laura estava viajando. De lá para cá, escrevi outras, mas não enviei nenhuma. Eu queria tirar uma sensação do peito, porém nem sempre precisei que ela soubesse o que eu estava sentindo. Não era minha intenção parecer chato, inconveniente.

Mas a de hoje iria para ela. Porque do jeito que estava não poderia continuar.

Laura,

Já te falei mais de uma vez tudo que direi no começo desta carta, mas falarei de novo porque não quero que se esqueça disso. Eu a amo com todo o coração, com todo o meu ser. E percebi nos últimos tempos que isso não vai mudar. Não em algumas semanas, não em um mês, nem em cinco anos. Ou quantos anos mais forem precisos.

Sinto sua falta todos os dias e vou continuar sentindo, mas sempre ouvi sobre a importância de respeitar espaços. E eu respeito o seu. Você está fazendo história no futebol a cada dia que acorda, como preparadora física de uma seleção pentacampeã. Eu te admiro e torço pelo seu sucesso. E não serei pedra de tropeço, o motivo de você entrar em uma polêmica que destruiria um momento tão bonito da sua trajetória.

Quando nos encontrarmos novamente, na próxima convocação, estarei no meu lugar, fazendo o meu papel de mero jogador. Não vou te incomodar mais. Contudo, saiba que serei seu por muito, muito tempo. Estarei esperando pelo dia em que poderemos ficar juntos, seja depois da Copa, quando seu pai deixar a Seleção ou quando eu me aposentar.

Não vou desistir de nós, porque meu coração bate pelo seu. Sempre vai bater.

Eternamente seu,
Adri.

Abri a porta do carro, colocando a bolsa do treino no banco do carona. Estava cansado depois de treinar, mas tão cheio de energia no corpo, que precisava encontrar algo para fazer. Considerando que era sexta-feira no Rio de Janeiro, não seria difícil arrumar um programa. Dei partida no carro e avistei no estacionamento o cara da equipe que sempre tinha algo em mente. Fui devagar até parar perto dele, que mexia na mala do próprio veículo. Ao me ouvir chegar, Luquinhas se virou.

— Cara, o que você vai fazer hoje? — questionei, esperando não dar azar de ele dizer "nada" justo no dia em que eu estava precisando dele.

— Resolveu largar o videogame e sair de casa?

É, não podia reclamar, pois nos últimos tempos era só o que eu fazia.

— Precisando espairecer um pouco.

Ele riu, dando de ombros e batendo a porta para fechá-la.

— Passa lá em casa, de Uber, às 20h!

— De Uber?

— Nós dois vamos beber. Não quero ser parado pela Lei Seca na volta.

— Amanhã tem treino e viagem, cara — comentei, porque era uma preocupação válida.

— Vamos beber pouco, mas vamos. — Deu de ombros, se afastando de mim e caminhando para entrar no carro. — Não se atrase.

O único problema de sair com o cara era este: o mistério. Ele sempre tinha uma festa, mas nunca estava a fim de revelar muitos detalhes.

Ao chegar no prédio, apertei os botões dos dois andares no elevador — primeiro o do dela. As portas se abriram e deixei minha bolsa na porta, para impedir que se fechasse. A distância para o apartamento de Laura era curta, então levei cinco segundos para deslizar a carta no vão e retornar ao elevador. Já em casa, deixei a playlist com as músicas do Matuê tocando e fui tomar um banho.

O restante do dia se passou em um ritmo irritante. Eu não queria começar a fazer nada, porque sairia à noite, mas parecia que nunca chegariam as 20h. Dei uma geral no meu quarto, que estava uma zona; liguei para minha mãe; joguei videogame; desci para uma corridinha na areia, como se não tivesse dado diversas voltas no campo mais cedo; cozinhei; e só perto das sete fui me preparar para sair.

Prendi as tranças para trás, em um estilo Lewis Hamilton, vesti uma camisa preta e calça estampada verde-escura e preta. Usaria também uma jaqueta da mesma coleção, tênis brancos e joias. Gostava de me arrumar, embora não fossem tantas as oportunidades. Quero dizer, até havia, mas eu era mais de ficar em casa, sair para curtir apenas em pouquíssimas ocasiões durante a temporada. Reunia muito os amigos para churrascos e resenhas no apartamento. Fotógrafos e a imprensa em geral eram loucos por bons cliques de atletas, as redes sociais não deixavam nada escapar, e eu não era um cara de dar muitas oportunidades para o povo inventar histórias.

Mas hoje era diferente, porque eu precisava parar de pensar em Laura.

Chamei o Uber faltando oito minutos, mas a casa de Luquinhas não era longe e cheguei bem na hora. Rodrigão, nosso goleiro reserva, estava lá com ele e sentou no banco da frente; Luquinhas veio atrás.

— Dá licença que as pernas do pai são grandes demais, preciso ficar aqui na frente.

Rolei os olhos, mas não disse nada. Ele não era chamado de Rodrigão à toa. O cara tinha a maior envergadura de um goleiro no Brasil. Pena que ainda tivesse que desenvolver muito o jogo com os pés, ou seria titular absoluto do time e convocado para a Seleção.

— Pô, eu conheço esse condomínio do endereço que você mandou — comentei com Luquinhas, que estava ao meu lado. — Quem mora lá?

— MC Lari. Acho que agora ela usa apenas Lari, porque começou a cantar pop. MC era na época do funk.

— Não foi depois de uma festa dela que apareceu aquela doida no CT dizendo que estava grávida de você?

A risada se espalhou pelo carro quando nos lembramos da situação. Luquinhas tinha suado frio por um minuto, pensando que era algum caso antigo, mas logo que viu a garota soube que era mentira. Tinham dormido juntos duas noites antes, era difícil que os sintomas de enjoo fossem por conta de um bebê dele. Ele pediu um teste de gravidez para garantir, e a garota surtou dizendo que iria à imprensa dizer que ele estava negando o filho, se não assumisse. Por sorte, era época de pandemia e os jornalistas não estavam de plantão no clube.

No fim, tudo não passava de uma tentativa de ganhar dinheiro em cima dele. Mas ninguém na equipe do Bastião duvidava que Luquinhas pudesse engravidar uma mulher que foi um caso de uma noite, afinal ele fez exatamente isso quando ainda estava nas categorias de base.

— Pelo amor de Deus, eu já tenho um filho. Thomas me dá muito trabalho.

Na frente deles eu ri, mas só conseguia pensar em como um garoto que não era criado por ele — mas por sua melhor amiga de infância —, que não vivia sob o mesmo teto dele e que só era visto no clube no Dia dos Pais poderia dar tanto trabalho.

A festa já estava bem movimentada quando chegamos. Era aniversário da MC Lari e o tema era "selva". Eu nem sabia que seria temática, mas a estampa da minha roupa poderia passar por uma camuflagem, então eu não estava tão mal. Mas havia leoas, tigresas, Janes do Tarzan e tudo mais que você possa imaginar.

Assim que colocamos os pés no jardim, Luquinhas me arrumou um latão de cerveja, que fiquei segurando durante toda a festa, dando pequenos goles. Eu beberia mais, porém levava muito a sério a preparação para um jogo — e o de amanhã era importante. Em um dado momento, notei que boa parte dos caras que estavam perto de mim foram saindo, me deixando sozinho com uma ruiva lindíssima. Ela não se apresentou, então eu não fazia ideia de qual era seu nome, mas ela me conhecia. A conversa estava interessante, a garota tinha conteúdo, mas quando os rapazes do grupo sumiram, ela começou a flertar e a me tocar.

Antes de Laura, eu teria avançado sem nem me importar com o nome da moça. Mas, apesar de o meu corpo desejar o dela, no meio da conversa a minha mente trouxe memórias do sorriso de Laura, do jeito como ela ficava quando perdia o fôlego, do seu corpo montado em cima de mim.

Beijar aquela ruiva não era justo nem com ela, nem com Laura, muito menos comigo. Eu não me enganaria assim.

Quem sabe, daqui a um tempo, fosse ficar mais fácil me relacionar com outras mulheres, porque eu achava difícil viver um celibato se tivesse que aguardar o fim da minha carreira para ficarmos juntos. Mas hoje parecia uma missão impossível sequer deixar sua mão tocar minha coxa.

Disse que ia ao banheiro e nunca mais voltei. Encontrei os caras, peguei o segundo latão de cerveja e fiquei atento para não ser deixado sozinho com uma mulher outra vez.

Dois latões de cerveja não estavam me fazendo enxergar coisas — de fato, havia uma carta debaixo da minha porta quando cheguei da festa. Meu coração bateu acelerado, e eu me abaixei para pegar sem nem mesmo trancar a fechadura. Fui abrindo o papel enquanto passava a chave na porta.

Eu não estava bêbado, mas não consegui focar no que estava escrito, uma vez que percebi ser a letra de Laura. Claro, de quem mais poderia ser? Quem escrevia cartas em 2022, a não ser este bobão aqui? Eu escrevia para ela desse jeito, era o nosso meio de comunicação. Só que aquela era a primeira vez que recebi uma resposta assim, e não estava preparado.

Sentei no sofá, querendo um pouco de estabilidade, e comecei do começo. Foi o pé na bunda mais cuidadoso que já levei, mas não evitou em nada a dor que senti.

Lindo,

O que mais me dói neste momento é saber que encontrei o homem perfeito — que respeita o meu espaço, torce pelo meu sucesso e é um gostoso do caramba —, mas não posso retribuir o amor que ele sente. Tenho fé de que um dia você vai encontrar alguém disponível, que te ame o quanto você merece ser amado e que possa corresponder a tudo isso.

Mas essa não serei eu, Adri. Não quero que você espere meses, anos. Não quero que espere por algo que a gente nem tem certeza. Eu te amo. E porque te amo, quero que você encontre alguém que te faça feliz. Uma tal de Fernanda, talvez. Vai ser mais fácil. Você merece viver o amor hoje; não em dez anos, quando se aposentar.

Por favor, siga em frente. Você sabe que é o melhor.

Se cuide,
Laura.

DÉCIMO QUARTO

NUNCA ERA O MOMENTO

24 de março de 2022.

Ó, Maracanã. Jogar neste palco era mesmo como estar em casa.

Apesar de ter ficado alguns dias na Granja Conaly para treinar, jogar na cidade onde se mora era um sentimento muito único. E, apesar de estar experimentando parte disso pela primeira vez, a sensação não era de estreia. Meus pais estavam no camarote, meus amigos também. Conhecidos me marcaram em posts nas redes sociais, direto da arquibancada. Alguns jogadores do Bastião vieram me assistir.

Era a minha primeira vez neste estádio tão histórico com a camisa amarelinha, mas eu sentia como se tivesse feito aquilo muitas e muitas vezes. O vestiário não era o mesmo, porque eu sempre havia pisado aqui como time visitante. Dessa vez, estava dentro do vestiário da Seleção Brasileira, com meu nome estampado sobre meu armário. Depois de chegar e colocar a mochila no espaço reservado para mim, sentei e admirei meus arredores. *É um momento único, Adriano. Aproveite!*

— Adriano! — Meu nome foi chamado e foquei a atenção na esquerda, de onde vinha a voz de Leandro. O técnico sinalizou com a mão para que eu fosse até ele, e deixei tudo onde estava.

— Sim, treinador — falei ao me aproximar.

Havia um quadro tático atrás dele e logo vi meu nome entre os titulares.

— Escuta, você vai entrar no lugar do Beto hoje, porque ele veio de um jogo pesado e a preparação física do time dele pediu para ele não jogar os 90 minutos. O que é bom, porque quero ver mais de você no time. — Em seguida, começou a explicar o que esperava de mim, o que eu deveria fazer em campo.

Seria minha primeira partida como titular, e eu me encontrava surtando mais a cada segundo.

Desde que enviei a carta para Laura e decidi seguir a minha vida sem ela por um tempo, havia decidido que este seria o melhor ano da minha carreira. Correria dobrado no futebol, entregaria o meu melhor nível técnico e traria o hexa para o Brasil. Se o esporte me afastou do amor da minha vida, eu compensaria toda a frustração comendo a bola.

Depois da conversa com Leandro, fui para o meu armário novamente e troquei de roupa, colocando o uniforme de aquecimento. Na subida para o gramado, Laura veio logo até mim.

— Meu pai contou que você será titular. — Sorriu, apertando meu bíceps de leve. — Parabéns. Os titulares hoje ficarão comigo no aquecimento, ok?

Segui sua liderança até a parte do campo onde ela designou. Foi uma tortura estar tão perto e não poder pegar Laura nos braços, não poder beijar seus lábios, mas eu vinha me restringindo dessas situações há algum tempo. Não era a primeira vez.

O apito inicial da partida me deu um arrepio; mas, diferentemente das outras vezes em que entrei em campo, não foi um arrepio bom. Um incômodo se instalou em mim, mas tratei de ignorar. Precisava me focar no jogo, no adversário. Porém, aos 15 minutos do primeiro tempo, o arrepio se justificou. Conduzia a bola pelo meio-campo, mas sofri uma entrada duríssima de um atleta adversário. Na hora do contato, eu soube que era sério.

O médico da Seleção, doutor Cláudio Moreira, tentou me acalmar, contudo eu nunca tinha sentido aquela dor antes.

— Está com cara de ser o menisco — disse, tocando meu joelho de leve. — Vamos te tirar daqui de maca, ok? — Demonstrando pressa, gesticulou para que a equipe entrasse com os equipamentos.

Puta que pariu, lesão no joelho. A do menisco era comum, todo mundo já teve ou vai ter enquanto joga futebol, mas eu não podia me machucar. Não estava nos planos. Era para ser o melhor ano da minha carreira! Comer a bola!

Meu olhar vagou para o banco de reservas ao ser retirado de campo, onde todos os jogadores e a comissão técnica estavam de pé. Pareciam preocupados, pois ninguém no esporte torce para que um companheiro se machuque. Entretanto, o rosto de Laura demonstrava o seu desespero.

Sem se importar com mais nada, ela deixou a equipe para trás e veio até mim. Os rapazes da maca não pararam, nem ela. Quando entramos no vestiário, ela nos alcançou. Ficou afastada o tempo todo, mas seus olhos não saíram de mim. Em meio à dor, fui incapaz de dar uma resposta ou qualquer sinal a ela.

A assessora de imprensa da ABF também se aproximou, pois tinha que reportar o que aconteceu.

— Primeiro, avise ao treinador que ele vai ter que desconvocar Adriano.

Então ligue para o clube e diga que o devolveremos amanhã, depois de alguns exames. Para a imprensa, fale apenas que ele iniciou tratamento e que terá o diagnóstico após o exame de imagem.

A loira da assessoria assentiu e se afastou. Ficamos apenas eu, o médico e Laura ali.

— O que você acha que é? — ela indagou, se aproximando.

— Parece o menisco, mas vamos fazer os exames antes de decretar.

Laura me encarou com firmeza, e eu sabia o que estava se passando na cabeça dela. Para onde sua mente estava viajando. Era para onde a minha tinha ido desde o momento em que senti a lesão.

Não era nada tão incomum para alguém do meio do futebol. Na verdade, era uma das lesões que mais ocorriam. Só que aquele não era o momento. Nunca era.

Deixamos o Maracanã horas mais tarde, com uma vitória na bagagem. Meu clube pediu que eu voltasse no dia seguinte. Todo o time retornaria ao fim do jogo para a Granja Conaly, e meus pais saíram do camarote onde estavam para me levar para casa.

Dona Elza, também conhecida como minha mãe, estava surtando por completo. Sentei no banco de trás do carro dos meus pais, com ela dando milhares de orientações e pedindo para o meu pai ir em casa buscar as coisas dela, porque a mulher pretendia se mudar para o meu apartamento temporariamente.

— Pai, não precisa. Só hoje que vai ser mais complicado, mas o médico vai dar o diagnóstico amanhã, então eu me viro. — Suspirei, passando a mão no rosto. Amava meus pais, mas viver com eles novamente não estava nos meus planos.

— Pelo menos hoje, filho. Ou você vai ficar com a gente ou nós vamos dormir na sua casa.

Olhei para os dois pelo retrovisor, vendo a preocupação nos olhos da minha mãe.

— Tudo bem, só hoje.

A noite foi desagradável, mas o principal motivo nem foi o fato de eu estar dormindo na minha cama de infância. Quando o dinheiro começou a entrar, sugeri aos meus pais que se mudassem para uma casa maior, porém eles tinham orgulho de onde viviam. Quitei as parcelas do financiamento da propriedade, fizemos algumas reformas, contudo certas coisas ainda eram as mesmas. O meu quarto, onde eu não dormia desde que me havia me mudado para a Europa, era uma delas.

No raiar do dia, o cheiro de café fresco vindo da cozinha me deu coragem. O joelho doía muito e estava inchado. Levantei-me, tentando me apoiar nos móveis e não forçar a perna, mas parecia uma tarefa impossível. Ao abrir a porta, meu pai estava passando pelo corredor.

— Ei, filho. — Apressou-se até mim, passando o braço na minha cintura. — Não era para ter se levantado sozinho.

— Queria tomar café — comentei, dando de ombros. — E ir ao banheiro.

— Vamos lá, eu levo você.

Ele me escoltou até o banheiro, onde resolvi todos os meus problemas matinais. Aproveitei também para tomar um banho, assim estaria pronto para me apresentar ao clube. Meu pai me acompanhou até a cozinha; lá, minha mãe tinha preparado um café da manhã de hotel, como se eu fosse visita. Achei engraçado, mas agradeci. Era completamente fora da minha dieta, porém um dia sendo mimado pela mãe não mata ninguém.

Horas depois, meu pai me levou até o clube. De lá, ele iria ao trabalho. Insisti para que ele não trabalhasse mais depois que consegui estabilizar as finanças, mas ele também se negou a isso completamente, afirmando que queria seguir sendo produtivo. Minha mãe sempre me levou aos treinos, aos jogos, então garantiu que ficaria comigo durante o dia. Consegui convencê-la de que eu ligaria quando terminasse os exames no clube, mas ainda não tinha certeza disso. Se me dessem uma muleta, eu dava conta.

No rádio, três homens conversavam sobre o jogo de ontem da Seleção Brasileira. Falavam do resultado, mas logo comentaram sobre a minha lesão. E o fato de tentarem culpar Laura por algo que claramente foi um choque com outro atleta me deixou furioso.

— *Claro, houve um impacto, mas quem sabe se a preparação física está sendo feita direito? Talvez, se eles estivessem mais bem preparados, a lesão teria sido mais leve.*

— *É, mas infelizmente nós temos uma amadora cuidando da preparação física da nossa Seleção.*

— Pai, por favor, essa rádio não dá.

— Eles estão tentando culpar a moça pela sua lesão? — questionou ele, parecendo incrédulo.

— Pelo visto, estão.

— Inacreditável uma coisa dessas...

Meu pai não tinha nenhum conhecimento sobre o que eu sentia por Laura. Achei melhor não dizer. Mas ele sabia que ela trabalhava no time feminino do Bastião, e tinha bom senso.

E qualquer pessoa com bom senso sabia que aquela não era uma lesão pela qual se poderia culpar o preparador físico. Quanto mais colocar toda a culpa em Laura, quando ela dividia o cargo com outro homem. Desde que ela assumiu, os programas esportivos procuravam os mais diversos motivos para questionar a posição dela na Seleção. Poucos eram os profissionais da imprensa que agiam com sensatez — e a grande maioria dos que não questionavam era feminina.

Ao chegar no clube, Renato, um dos maqueiros, me ajudou a sair do carro e me acompanhou até a sala do doutor Armando.

— Ei, rapaz. O que você está sentindo?

Passei boa parte do dia com o pessoal do clube. Fui no hospital fazer exames, me medicaram e começamos o tratamento. Felizmente, não seria necessário fazer cirurgia. Era uma lesão no menisco, mas pelo menos o médico apontou como uma semirruptura.

Lá pelas quatro da tarde, quando o segundo treino da equipe terminou, Rodrigão se ofereceu para me levar para casa. Entrei na sala do doutor Armando para saber se eu já estava liberado, e o médico encerrava uma ligação.

— Pode deixar, Laurinha. Nós manteremos vocês informados. — Vinte segundos de silêncio. — Sim, pode deixar. Tchau, boa semana.

— Doutor, estou liberado?

— Sim, pode ir, mas antes pegue aqui os medicamentos que você vai tomar em casa. Quem veio te buscar?

— Eu vou de carona com Rodrigão, mas minha mãe vai me esperar em casa.

Era uma mentira no momento, porém eu tinha certeza de que ela apareceria por lá assim que eu dissesse que fui sozinho para casa.

No caminho, Rodrigão falou a maior parte do tempo, contando sobre como foram os poucos dias em que estive longe. Mas também fez perguntas a respeito da lesão, do tratamento e de como isso me impactaria na Seleção.

CAIU NA REDE

Bom, a resposta é que eu não sabia. Não era o tipo de lesão que me deixaria muitos meses longe do esporte, principalmente porque foi uma semirruptura e não uma ruptura completa. Eu esperava estar recuperado antes da próxima convocação — e trabalharia pesado todos os dias para isso —, mas quem poderia garantir que Leandro me chamaria outra vez? Eram poucas as oportunidades até a Copa do Mundo, e eu tinha perdido para o meu joelho a minha primeira partida como titular.

Já em casa, ele me ajudou no elevador e a abrir a porta. Nós nos despedimos ali mesmo. Entrando no meu apartamento, fui direto para a cama. O joelho latejava, o corpo estava exausto e eu só queria dormir, porque o relaxante muscular estava fazendo efeito. Mandei uma mensagem para minha mãe, avisando que já estava em casa, para ela não se preocupar, mas antes que eu travasse o telefone, uma notificação de e-mail chegou.

Um e-mail de Laura.

> Adri,
>
> Liguei para o Bastião hoje e Armando me confirmou a lesão no menisco. Sinto muito, muito mesmo. Felizmente o tratamento não é longo. Tenho certeza de que logo você estará recuperado e nos veremos na próxima convocação. Estou em viagem com a equipe, como você bem sabe, mas retorno logo e vou ficar por um tempo. Por favor, não hesite em me ligar se precisar de qualquer coisa.
>
> Melhoras,
> Laura.

O meu coração se encheu, incapaz de pensar no quanto eu queria sua companhia. Quando entrei para falar com o médico e ouvi seu nome, tinha sentido algo parecido, mas ler seu e-mail despertou umas coisinhas a mais. Queria que Laura estivesse aqui, que apoiasse a cabeça no meu peito e dormisse abraçada comigo. Queria poder relaxar no seu colo.

Adormeci, sonhando com um mundo onde isso seria possível e pedindo que a minha hora chegasse em breve.

DÉCIMO QUINTO

UM POUCO DE COLO

12 de abril de 2022.

Ainda zonzo, minha mente estava um turbilhão. O relógio marcava vinte para as quatro da madrugada, mas meu corpo parecia ter acabado de se deitar. O joelho latejava um pouco, porém já estava sentindo isso desde que voltei da fisioterapia hoje. Ou ontem. Tanto faz. Os dias pareciam sempre os mesmos desde a lesão.

Sentei na cama, me preparando para andar até o banheiro. Já não usava mais as muletas, mas precisava me locomover com bastante tranquilidade.

Para a minha sorte, no caminho para o banheiro, antes mesmo de sair do quarto, topei com um móvel e caí no chão. A combinação Adriano sonolento mais dor nunca era uma boa ideia, embora bater a perna debilitada e cair não fizesse parte dos meus planos de recuperação.

A dor parecia me rasgar ao meio. A sensação de não conseguir me levantar era ainda pior. Criando coragem, me arrastei de volta até a mesinha de cabeceira, onde meu celular estava. Respirei fundo, pensando nos trinta minutos de carro até a casa dos meus pais. Eu precisava criar coragem e ligar para Laura.

E torcer para ela estar em casa.

Desde o seu e-mail, várias vezes quis ligar e pedir ajuda. Pedir ao menos companhia nos dias de muito tédio. Mas era preciso estabelecer limites entre nós dois, já que a nossa situação não iria mudar tão cedo. Hoje, porém, teria que ser uma exceção.

Laura não demorou. No segundo toque, seu "alô" sonolento veio do outro lado da linha.

— Den... Laura, por favor, pode vir aqui em cima?

— Adri? Está tudo bem? Aconteceu alguma coisa?

— Eu caí.

— Meu Deus, Adriano! — Seu tom parecia desperto em segundos. — Você está bem? Está sangrando?

— Está doendo muito, mas não estou sangrando. Por favor, só... venha aqui.

— Já estou indo! Um minuto!

Em poucos segundos, ouvi o som da minha porta sendo destrancada, junto da sua voz.

— Adri, cadê você?

— No quarto!

Segundos depois ela irrompeu na minha porta, acendeu a luz e se abaixou ao meu lado.

— Fale comigo. O que aconteceu?

— Eu estava andando e tropecei naquele móvel ali. — Apontei para o dito cujo. — Meu joelho estava doendo da fisio de hoje, mas agora parece que eu rasguei o danado ao meio.

— Tudo bem, eu vou tocar nele com muito cuidado e você vai me dizendo se dói.

Doeu, mas aguentei o máximo que pude. Senti que iria começar a inchar outra vez. Laura pegou o telefone e discou o número de alguém. Só assim eu consegui reparar nela. Apesar da dor, foquei em seus traços, na expressão preocupada e nos lábios macios. Ela falava com o doutor Claudio, médico da Seleção. Usava um roupão de seda curto, tinha apenas o celular e as chaves de casa nas mãos.

Ele orientou que Laura me desse os mesmos remédios que eu estava utilizando, fizesse compressa fria e ligasse para o doutor Armando.

— Eu vou te ajudar a levantar. Não quero que apoie a perna no chão, porque vai piorar a dor, viu?

— Será que você me aguenta? — questionei, não querendo cair de novo.

Laura apenas me olhou bem séria antes de pronunciar qualquer coisa.

— Você já me viu na academia. Qual é a dúvida?

Ela tinha um bom ponto.

Como a pergunta era retórica, apenas esperei o momento de me levantar. Tinha me arrastado até perto da cama, então não tive que ir muito longe. Ela me ergueu, me colocou sentado na cama e levou minhas pernas para cima do colchão.

— Você se levantou para pegar alguma coisa?

— Para ir ao banheiro.

— E ainda quer ir?

— Agora não. Está doendo muito.

— Onde está o remédio que o doutor Armando te passou para dor?

E vou trazer uma compressa fria.

— Os remédios estão no armariozinho do banheiro. E tem uma bolsa de gelo no freezer.

Ela saiu rápido do quarto, voltando ainda mais depressa com meu remédio, uma garrafinha de água e a bolsa de gelo. Ao me dar os dois primeiros, foi até meu joelho para colocar o gelo sobre o local da dor. Com isso resolvido, ela se sentou ao meu lado na cama. Ficamos ali por um tempo, com ela massageando a região e deixando o frio da compressa fazer seu trabalho.

— Quer que eu te ajude a ir ao banheiro agora? A gente pode prender o gelo no joelho e eu te ajudo a chegar lá.

Concordei com que me ajudasse a ir, mas antes ela procurou minhas muletas para eu não forçar o que já tinha sido forçado. O gelo nós deixamos por lá mesmo, pois seria rápido. Consegui "caminhar" sem problemas e ela só teve de abrir a porta. Quando voltei para a cama, Laura apoiou a compressa na região outra vez e ficou me encarando. Sabia que queria dizer alguma coisa, mas estava receosa.

— O que é, Laura? Pode dizer — pedi, esticando a mão para a sua.

— Não é nada. — Suspirou. — Só estou preocupada.

— Eu estou bem, dengo. Não se preocupe. — Apertei sua mão, querendo acalmá-la, mas logo puxei de volta. — Está doendo, mas vou me recuperar.

— Como estava indo a recuperação antes disso?

Ela sabia bem como estava indo.

— Eu sei que você liga sempre para o doutor Armando para saber como eu estou avançando.

Laura tentou esconder um sorriso, mas era péssima ao mentir para mim.

— Só queria que nosso staff estivesse atualizado sobre a sua situação.

— Hm, sei. — Coloquei a mão sobre a dela outra vez. — Se o seu pai decidir me convocar da próxima vez, já estarei de volta. Parece ruim no momento, mas a lesão estava melhorando. E, se não posso ficar com a mulher que eu amo por causa do futebol, pretendo retornar aos campos dando o sangue.

— Não posso falar com você sobre convocação — relembrou.

— Eu sei... — Suspirei, cobrindo os olhos com ambas as mãos. Sentia o frio da bolsa de gelo ainda nelas, o que me fez desviar um pouco mais a mente da dor. — Quais são os planos para o feriado?

Como jogador, os feriados não fazem muita diferença para mim, porque estou sempre treinando, viajando ou jogando; porém, por estar machucado, eu passaria o domingo com minha família.

— Minha mãe exigiu uma reunião no almoço de Páscoa, mas nos outros dias ainda não tenho planos. Devo trabalhar um pouco, tenho algumas análises para apresentar e jogos de alguns atletas para assistir.

— Jogos meus? — indaguei sem pensar.

— Os seus eu vi todos ao vivo — rebateu, se inclinando para mim. — É campeonato espanhol e inglês.

— Se quiser companhia… — sugeri, deixando no ar minha intenção de estar mais perto dela.

Eu sentia muita falta disso. Não apenas da mulher que amo, o que já é muita coisa, mas também da minha amiga, com quem eu jogava videogame e via futebol.

Foram muitos os jogos a que assistimos juntos no sofá da minha casa.

— Você sabe que é melhor não, Adri. — Ela tirou o gelo, colocando de lado. — Como está a dor? Quer que continue pondo gelo?

— Deixe a bolsa em cima do joelho e venha aqui.

Ela me olhou ressabiada, sabendo que fazer o que eu pedi não era uma boa ideia. Só que, surpreendendo a nós dois, Laura apoiou a bolsa de gelo no meu joelho e se deitou ao meu lado. Nossos corpos não se tocavam, mas eu sentia seu calor emanar com tudo para o meu lado. Queria trazê-la para mim, misturar meus braços e pernas nos seus.

Porém tinha plena consciência de onde aquilo nos levaria.

E resolvi jogar tudo para o alto.

Ainda parado, passei o braço por sua cintura e a trouxe para mim, apoiando seu corpo sobre o meu peito. Ela soltou um gritinho, assustada, tentou se afastar na sequência, mas não deixei. Segurei seu quadril com firmeza, para que não pudesse me deixar.

— Adri, eu te amo, mas não posso fazer isso. Só vai causar mais dor para nós quando for a hora de nos separarmos.

— Eu só quero um pouco de colo hoje, Laura. Não vou pressionar por nada mais. — Suspirei, implorando mentalmente para que ela cedesse. — Um dia você vai ser minha. Eu já sou e sempre vou ser seu. Mas me deixa viver este momento aqui com você, nem que tenhamos que fingir.

— Nunca vou precisar fingir que quero estar com você. — Ela tocou meu rosto, afagando de leve, o polegar circulando meu lábio inferior. — Por mim nós dois ficaríamos aqui nesta cama, apenas respirando o mesmo ar, pelo resto dos nossos dias. Como essa não é uma situação realista, precisamos seguir com as nossas vidas. Mas se hoje você precisa disso, do meu afeto, quem sou eu para negar?

Ela trouxe o meu rosto para o seu tórax e mexeu nossos corpos para que eu estivesse apoiado nela. Ali fiquei, sem me preocupar com a dor no joelho ou com o fato de que eu desejava uma mulher que nem tão cedo poderia ter.

DÉCIMO SEXTO

MEXEU COM A FILHA DO TREINADOR

11 de maio de 2022.

Apoiei a cabeça no espelho e suspirei. Dia de treino. Dia de convocação.

Só queria que minha vida voltasse para as minhas mãos, que eu pudesse decidir o meu futuro de novo.

Desde a última convocação, felizmente consegui me recuperar da lesão. A queda que sofri há um mês atrasou meu retorno em alguns dias, mas nada preocupante. Eu estava zerado, atuando como titular na equipe novamente. Restava saber se seria convocado para a Seleção dessa vez ou se tinha perdido minha chance.

Muitas coisas pairavam na minha mente desde então. Quando eu retornaria a jogar em alto nível? Se retornasse, seria convocado? Se fosse convocado, iria para a Copa? Se a resposta fosse não para qualquer uma dessas perguntas, eu poderia finalmente ficar com Laura? Quando?

Laura e eu poderíamos ficar juntos algum dia?

O elevador fez um "ding" e as portas se abriram. Verifiquei rapidamente o andar, mas nem precisava olhar a tela para saber que era o décimo, o mesmo de Laura, porque ela entrou no cubículo onde eu estava.

Respirei fundo, seu cheiro me invadindo de imediato.

— Ei, Adri! Que bom te ver. — Arrastou a mala atrás de si, me dando um sorriso caloroso por trás da máscara. Eu não precisava vê-lo para que tivesse efeito sobre mim. Conhecia cada curva daqueles lábios. — Pronto para hoje?

E, apesar de tudo que estava sendo dito sobre ela, a mulher não perdia o bom humor.

— Acho que nunca estou pronto. — Dei de ombros, incapaz de manter alguma pose perto dela. — Mas farei o que tem que ser feito. Sei que não pode dizer nada, então pisque duas vezes se meu nome estiver na lista do seu pai hoje.

Ela riu, porque sabia que era brincadeira. E piscou uma, duas, três, quatro, cinco, seis vezes em sequência.

— Sabe o que isso significa? — questionou, segurando um risinho.

— Que meu nome apareceu na lista do seu pai três vezes: uma como zagueiro, uma como volante e outra como lateral esquerdo, por isso seis piscadinhas.

Ela riu, concordando.

— Claro, claro. É exatamente isso.

O elevador clicou outra vez, as portas se abrindo no subsolo.

Nós nos separamos, cada um em direção ao seu carro, após um breve aceno. Não tinha sido a primeira vez que nos vimos no prédio desde abril, e certamente não seria a última.

Conectei uma playlist do celular no carro para ouvir música, porque tinha plena certeza de que alguma rádio esportiva estaria falando barbaridades. Era de polêmicas que eles se alimentavam, e descobri ser muito difícil acompanhar os poucos jornalistas sérios nesse meio.

No clube, o treinamento foi pesado como sempre. Fizemos uma hora de academia antes de partir para o campo. Exausto, sentei no refeitório para esperar o almoço bem no momento em que a coletiva do técnico Leandro começou. Ainda não era hora de comer, mas a equipe quase toda estava ali reunida.

Esperei. Caxias fez a abertura, falou algumas palavras, porém logo minha atenção se desviou para Laura. Ela estava na ponta mais distante de todos da comissão, vestida com as mesmas roupas de mais cedo. Era a única que ainda usava máscara contra a Covid. Nos seus olhos, havia a seriedade típica da mulher que eu amava. Ela era bem-humorada e divertida, mas calma e profissional em seu ambiente de trabalho. E eu amava cada faceta dela.

Pelo amor de Deus, por que eu estava sendo tão piegas apenas por vê-la na televisão?

— E os convocados são...

Leandro começou a dizer os nomes, e tanto o meu quanto o de Alex estavam entre eles. Nossos companheiros de equipe celebraram e eu fui até meu amigo, parabenizá-lo.

Eu tinha que focar no objetivo, que era jogar muita bola pela Seleção. Dar o meu melhor dentro de campo, exigir o máximo de mim mesmo. Trazer o hexa para o Brasil.

A carreira de jogador é curta. Antes dos 40 eu me aposentaria, então teria no máximo dez anos. Eu não seria convocado até lá; não era nenhum Daniel Alves, que jogou na Seleção Olímpica aos 38.

Talvez fosse considerado para a Seleção por mais cinco anos? Menos? Eu conseguiria esperar até lá? Laura esperaria?

1 de junho de 2022.

— Ok, Adriano e Beto, Diogo e Bento — começou Laura, nos entregando coletes. — Duas duplas na corrida. Tiro daqui até ali. — Apontou para os cones que demarcavam a distância. — Quando um chegar, o outro sai. Estou olhando o abdominal dos laterais também, mas vou dar a partida. Nas posições.

— O abdominal ou os abdomens? — Beto questionou, baixinho.

— O que disse, Beto? — indagou ela. Aparentemente, foi alto o suficiente para que Laura ouvisse.

— Que é bem provável que você esteja olhando os abdomens dos laterais e não se eles estão fazendo o exercício direito — respondeu, em uma afronta. Tinha estufado o peito, se sentindo importante.

— Acha que fico focada nos corpos de vocês em vez de conferir os exercícios?

— É o que eu faria se estivesse no seu lugar. — Deu de ombros e curvou-se para frente, apoiando os braços nos joelhos, que estavam dobrados em uma grade.

— Não estou aqui pela suposta beleza de vocês, Alberto. Estou fazendo o meu trabalho.

Com uma careta, inclinou a cabeça e prosseguiu:

— Está mesmo? Parece que você só fica aqui falando vai, para, força, mais rápido, essas coisas, enquanto quem realmente faz o trabalho pesado é o Bruno.

— Cara... — falei, sem saber como pedir que ele parasse e também sem querer colocar um alvo nas minhas costas. — Você está pegando um pouco pesado.

— Pesado não, cara... — continuou, sem me olhar. Estava totalmente focado em Laura. — Pesado é ver o sonho do hexa ir embora porque colocaram na nossa preparação física alguém que claramente não sabe o que está fazendo aqui.

— Cara, você está viajando... — Bento interveio.

— Viajando não, porra. Estamos em junho, ainda dá tempo de mandarem essa daí embora e voltarmos ao esquema que tínhamos antes.

— Beto, sério, você... — comecei, mas fui interrompido por ela.

— Bento e Diogo, podem começar. Adriano, faz sozinho, acompanha o Bento. Quando ele for, você vai — ordenou, sem olhar para nós.

Assim que nos mexemos para fazer o que foi orientado, Laura andou firme até Beto, falando baixinho, com o rosto extremamente sério. Claramente estava dando um sermão nele, mas o tom sussurrado nos impediu de ouvir. Por outro lado, Beto manteve a postura debochada e deu uma gargalhada quando ela parou de falar.

Era um babaca mesmo.

No meio da minha corrida, vi Leandro se aproximar dos dois. Eles trocaram algumas palavras e o rosto de Beto perdeu o humor.

Vai, treinador, acaba com ele.

2 de junho de 2022.

— Adriano — Leandro me chamou no final do almoço. Pela cara dele, eu até já sabia o que era.

— Sim, treinador. — Parei em sua frente na mesma hora.

— Titular hoje, ok? Vai fazer a dupla com o Diogo naquele esquema que treinamos. Não se lesione.

— Sim, treinador.

Bom, o que eu poderia dizer? Não tinha planos de me lesionar, ainda mais ganhando outra oportunidade no time titular.

Caminhei para fora do refeitório, querendo retornar para o meu quarto. O plano era passar o restinho da tarde descansando, jogando videogame e revendo as jogadas do outro time.

Dessa vez, o meu quarto era em um corredor onde não havia outro companheiro de equipe, apenas Alex e eu. Assim que me virei, reparei que ele estava na porta do cômodo. E que Laura estava conversando com ele.

Pigarreei, chamando a atenção dos dois.

— Atrapalho?

Os dois pararam de falar e me encararam. Ela me deu um sorriso sem graça.

— Estava falando com Alex sobre uma coisa que está me incomodando desde ontem. Queria te perguntar, mas você não saberia me dizer.

Alex sabia que Laura e eu éramos amigos, pois frequentou minha casa muitas vezes nas festas que dei, e ela estava lá. E, bom, eu também acabei contando a ele tudo sobre nós, após a primeira convocação.

— O que era?

— Queria saber se havia muita diferença entre os treinos da antiga Seleção e os meus.

Ótimo, o babaca conseguiu entrar na mente dela.

— Laura, aquele idiota só queria te desestabilizar. Não entre nessa pilha — pedi.

— Eu sei, mas...

Seu olhar parecia um pouco perdido, diferente do da mulher segura que eu conhecia tão bem.

— E eu disse a ela que os treinos são diferentes, mas não quer dizer que são piores. Beto está se fazendo de louco.

— Eu já esperava esse tipo de coisa. — Ela deu de ombros. Arrumando a postura, colocou uma mecha de cabelo para trás da orelha e se afastou da parede. — Sempre que quiserem me dar algum feedback dos treinamentos, eu agradeço muito. A prática é bem diferente da teoria e estou me adaptando a vocês o tempo inteiro.

— Não é de hoje que a gente se conhece, Laura. Sabemos muito bem do seu trabalho, porque te acompanhamos no clube. De todas as comissões por onde passei, você não deixou a desejar em nada até agora. Beto sempre foi um babaca, não leve para o lado pessoal.

— Obrigada. — E apertou o braço dele e o meu, nos dando um sorrisinho. — Vou deixar vocês descansarem.

Ela se afastou, mas nós dois ficamos lá parados, observando-a.

— É, amigo. — Ele bateu no meu ombro, entrando no quarto na sequência. — Quem sabe o que o futuro reserva? Mas dá o seu jeito de segurar essa daí.

Fiquei encarando o babaca por um segundo, tentando entender se ele tinha mesmo me mandado segurar Laura.

— Como assim, "segurar essa daí"? Você disse que...

Rindo, ele deu dois tapinhas no meu ombro.

— Irmão, se vira.

Brasil em apresentação de gala
5x1 sobre a Coreia do Sul mostrou um time ofensivo e compacto

Na manhã do dia 2 de junho, a Seleção Brasileira de futebol masculino desfilou sobre a equipe sul-coreana. Com uma zaga forte, um meio de campo volumoso e um ataque decisivo, o time de Leandro Caxias vai tomando forma e mostrando que pode dar liga até a Copa do Mundo do Qatar.

Leia mais.

4 de junho de 2022.

— Seguinte: eu não vou tolerar esse tipo de comportamento na equipe. Não vou chamar ele de novo. Na próxima convocação, quero ver outros dois zagueiros, porque esse tipo de atitude é inaceitável.

A voz de Leandro veio flutuando até mim. Ergui o rosto para ver de onde vinha, reparando que ele estava reunido com toda a comissão técnica a poucos passos.

Eu não tinha me deitado naquela espreguiçadeira para ouvir ninguém falar, só queria relaxar um pouco no pós-treino, porém não moveria um músculo.

— Lê, pelo que você falou e eu ouvi no treino de hoje, assino embaixo — afirmou Júlio. — Tamanha falta de respeito com uma integrante da comissão técnica exige punição.

— Pai, não quero que isso soe como favorecimento — disse Laura, parecendo extremamente cansada. — Vai parecer que ele "mexeu com a filha do treinador" e por isso está sendo punido.

— Ele está sendo punido porque não sabe respeitar autoridade, Laura — declarou Raul. — Não precisamos de alguém assim no grupo.

— Não acho que ele deva ser cortado em definitivo da lista — opinou Bruno. — Talvez apenas uma convocação seja suficiente para que ele mude o comportamento.

— Só temos mais uma convocação antes da Copa — pontuou Diego.

— Se ele ficar de fora agora, não teremos tempo para ver se vai mudar de comportamento.

— Ele não vai mudar — decretou Leandro. — Naquele dia eu o repreendi, avisei que ele deveria parar e o puni com o banco no jogo contra a Coreia. Eu tinha planos de utilizá-lo no segundo tempo. No treino seguinte, ele soltou mais piadinhas para Laura. E hoje agiu dessa forma, Raul está de prova. Não precisamos de nenhum alarde sobre o motivo do corte, não vamos justificar. Minha decisão está tomada.

Todo mundo se dispersou. Bom, todo mundo menos a sombra que parou ao meu lado minutos depois.

— Ainda bem que é você — Laura falou, pensativa. — Vi o boné, mas meu pai já tinha começado a falar, então não tinha como cortar o assunto.

— Eu não estava tentando ouvir.

— Tudo bem. — Sentando-se na espreguiçadeira ao lado da minha, seu olhar vagou para longe. — Eu sei que não. Nós paramos ali por um momento.

— Vocês estavam falando do Beto, não é?

— Sim. — E começou a mexer nas próprias unhas. — O pai não quer mais convocá-lo pela forma como ele está me tratando. Você viu o que ele fez hoje no treino? — Com minha resposta negativa, ela prosseguiu: — Ele se recusou a ser acompanhado por mim, disse que eu era inútil e incapaz, que estava apenas copiando o trabalho do Bruno e sendo escorada por ele. — E riu sem humor, cobrindo os olhos com as mãos. — Se ele soubesse que o Bruno nunca faz a parte dele e joga tudo nas minhas costas...

— Isso é sério? — perguntei, surpreso. Ele não estava fazendo o próprio trabalho e foi recompensado com a Seleção Brasileira? Ser homem neste país facilita e muito a vida.

— Esquece isso — pediu, ficando de pé. — Preciso ir.

— Laura — chamei, segurando sua mão e impedindo sua partida. — Você está fazendo um trabalho excelente. Não deixe que isso interfira em nada, ok?

— Obrigada. — Ela apertou a mão na minha e se foi.

Sentei, acompanhando sua partida. Quando ela sumiu dentro do hotel, minha mente se deu conta do que aquilo significava para mim também.

Com Beto fora, a possibilidade de eu me tornar titular da Seleção era enorme. E eu sacramentaria de vez minha ida ao Qatar, no mínimo para a reserva.

DÉCIMO SÉTIMO

EU VI O BEIJO

22 de setembro de 2022.

Estiquei a perna esquerda, dobrando o joelho direito. Senti estalar, mas era normal. Desde que comecei no futebol, todo o meu corpo estalava com uma facilidade...

— Tudo bem, tudo bem. Vamos fechar com um bobinho, certo? — Laura pediu, jogando duas bolas em nossa direção. — Dois grupos. Vamos.

Fizemos as rodinhas de bobo, como pedido. A Neo Química Arena estava lotada de torcedores, pintando a casa corinthiana de verde e amarelo. Minhas lembranças desse lugar eram boas nos últimos jogos em que atuei, e esperava deixar uma boa marca hoje também. A Seleção adversária era forte, uma das favoritas para a Copa e um rival histórico. Somado a isso estava o fato de que o técnico Leandro me chamou no primeiro dia, assim que me apresentei, para dizer que eu era o novo titular da zaga e que, se tudo desse certo nos dois amistosos que faríamos agora, meu nome estava garantido na Copa do Mundo do Qatar.

Se você me perguntasse sobre isso há um ano, eu não acreditaria de jeito nenhum. Por algum motivo, o último treinador não me via. Ele nunca me convocou e desconversava sempre que era perguntado a meu respeito. Eu estava certo de que veria a Copa do Mundo sentado no meu sofá, tomando uma cerveja e comendo uma carne do churrasco. Se meus planos dessem certo, com Laura sentada no meu colo.

Agora eu estava a um passo de vestir a amarelinha no maior campeonato do mundo.

Não estrague tudo, Adriano.

Entramos no vestiário mais uma vez, para os ajustes finais, a última troca de uniforme e a roda de oração antes do jogo. A ausência de Beto não era sentida em nada por mim. Nunca fui com a cara do sujeito e, depois da forma como ele tratou Laura, fiz ainda menos questão. No lugar dele, Leandro trouxe dois jogadores que eram convocados pelo outro treinador. Eles só haviam sido chamados por Caxias uma vez nas três oportunidades que tivemos este ano.

— Bom, tudo que vou falar aqui já disse a vocês desde o primeiro encontro que tive com esse grupo em janeiro, quando assumi a Seleção — começou o treinador. — Estamos todos vivendo um momento único nas nossas carreiras. O que faremos este ano vai colocar o nosso nome na história do futebol brasileiro. Quero ser lembrado como um homem que não desistiu e não deixou seus atletas desistirem. Vamos entrar em campo os onze, terminar o jogo com os onze e dar o nosso melhor. Os caras não estão preparados para o que vão enfrentar. Vamos mostrar por que somos a única Seleção pentacampeã do mundo.

Depois da oração, subimos aos gritos para o campo. O jogo foi pesado, difícil, mas por algum motivo deu tudo certo para mim. Consegui chegar em todas as bolas, anular o melhor jogador adversário, salvar um gol sem goleiro e ainda deixar o meu de cabeça em um escanteio.

Saí do jogo com o corpo fervendo. Era capaz de correr uma maratona, de tanta adrenalina dentro de mim. No vestiário, todos vieram falar comigo, fiquei tocando pagode com os outros jogadores e perdi a noção do tempo. Quando finalmente fui tomar um banho para ir embora, o lugar estava praticamente vazio. Após uma rápida chuveirada, encontrei apenas Laura mexendo em alguns materiais. Estava apenas com a toalha enrolada no corpo e pensei em retornar, mas ela foi mais rápida.

— Ai, desculpa, eu vou sair. — Levantou-se de onde estava. — Achei que todos já tinham tomado banho.

— Fica, eu me troco lá dentro. — Peguei minha bolsa e a joguei sobre o ombro. — Mas também... não é como se você nunca tivesse visto.

Foi difícil segurar um sorriso. Laura jogou uma toalha para cima de mim e deu um passo à frente.

— Parabéns pelo jogo de hoje, viu? Parecia que você estava voando lá.
— Obrigado, dengo. — Fechei o espaço entre nós sem nem perceber.
— Sua presença no time titular vai fazer a diferença na Copa. A França que se prepare para enfrentar uma zaga tão segura quanto a nossa. E você faz parte disso.

— Você também — declarei, tocando seu rosto com carinho. — Vamos fazer história juntos no Qatar, se Deus quiser e seu pai permitir.

Ela virou o rosto e beijou minha mão, rindo de leve.

— Vamos si...

Ouvimos um barulho, o que fez a gente se separar de imediato. Não estávamos fazendo nada de errado, mas era um gesto bem íntimo para duas pessoas que deveriam se conhecer apenas profissionalmente.

E ainda havia o fato de eu estar apenas com uma toalha.

— Tem alguém aí? — perguntei.

Após um breve período de silêncio, Carlinhos, funcionário da ABF que viajava conosco como roupeiro, apareceu.

— Laura, o treinador Leandro está te chamando.

— Ah, eu já vou. Obrigada. — E se voltou para mim. — Mais uma vez, parabéns pelo jogo.

Quando ficamos só nós dois, eu o encarei, bem sério. Não queria que inventasse histórias sem cabimento por algo que pensou ter visto.

— Eu não vi nem ouvi nada, juro — gaguejou.

— Até porque não havia nada para ver aqui.

Ele assentiu freneticamente.

— Não, não havia. — Dando as costas, se preparou para sair. Mas então parou, deu meia-volta e me encarou, determinado. Uma coragem que surgiu do além estava exposta em seus olhos. — Só que não é justo que ela esteja aqui, brincando de trabalhar para ficar com você.

— Do que está falando? — pedi, me recusando a acreditar.

— A imprensa adoraria saber que eles estavam certos, que ter uma mulher no vestiário acabaria com ela dando para algum jogador.

— Não foi isso que você viu aqui.

— Mas é o que eu teria visto se não tivesse feito barulho.

— Você teria visto a gente se separar e seguir nosso trabalho. Você não nos conhece para fazer declarações como essa.

— Só que não sou idiota. Eu vi o beijo. E vou contar o que vi para todos os jornalistas que cruzarem meu caminho.

— E o que você ganha com essa mentira? — rebati.

— Não é mentira. E no mínimo vou ganhar a demissão desse técnico, que está nos fazendo perder tempo.

— Ninguém vai acreditar nessa sua história, amigo. Eu te desafio a soltar isso para a imprensa. Não vai dar em nada.

— Veremos.

A verdade era que eu estava me cagando de medo do que a imprensa faria com um rumor desses. Porque certamente muitos acreditariam que Laura era uma aproveitadora que só estava ali para transar com os jogadores. Sem uma fonte, alguns já acreditavam.

Suspirei e fui me trocar, sem acreditar no que um carinho simples tinha se tornado.

Sem acreditar que uma noite mágica como aquela me deixou com essa dor de cabeça do tamanho de um trem de carga.

Laura Caxias vive tórrido romance escondido nos vestiários da Seleção Brasileira
Preparadora física da comissão técnica de Leandro Caxias se envolveu com jogador do Bastião durante convocações

Coluna do Osvaldo Leme

Aconteceu o que esperávamos. Ter uma mulher entre os jogadores da Seleção Brasileira está causando um rebuliço nos bastidores. Em ano de Copa do Mundo, não era bem o que esperávamos noticiar.

Segundo uma fonte na ABF que viaja com a equipe para os jogos, a moça foi vista beijando um jogador no vestiário. O atleta seria Adriano Silva, zagueiro que começou a ser convocado a partir da chegada de Leandro Caxias ao comando da Canarinho. A fonte ainda afirma que o zagueiro Beto Ramiro perdeu espaço com o novo treinador, para dar lugar ao novo membro da família Caxias.

É de extrema importância que esse relacionamento seja investigado pela ABF e que seja esclarecido, pois bons jogadores não devem ficar de fora para privilegiar outros.

DÉCIMO OITAVO

UMA MANCHA SOBRE O NOME DA GAROTA

30 de setembro de 2022.

A enxurrada de merda na minha vida não parou de surgir desde que encostei a mão no rosto de Laura. Era inacreditável pensar que um gesto tão simples desencadeou todos os rumores dos últimos dias. Conseguimos extrapolar a bolha dos jornais esportivos e fomos parar nas páginas de fofoca.

Reviraram a minha vida, inventaram uma narrativa e decidiram que nós dois transávamos feito coelhos em todos os quartos da Granja Conaly. Bem que eu queria, mas não era essa a minha realidade.

Não faço ideia de quando foi a última vez que pude contar com alguém que não fosse a minha própria mão para me dar prazer.

Quer dizer, lembro exatamente a última noite de amor que Laura e eu tivemos. Desde então, mulher nenhuma me fez querer algo mais.

Mas o mais impressionante daquele dia não foi a constatação de que eu estava sozinho bem no meio do caos. O que mais me chocou foi ter Leandro Caxias, treinador da Seleção Brasileira e "meu sogro", me esperando do lado de fora da minha porta quando cheguei em casa, do treino.

— Treinador? Está tudo bem? — questionei, intrigado. Parei perto da porta, a chave em mãos.

— Tudo bem. Podemos conversar um instante?

Sem reação, destranquei o apartamento e deixei que ele entrasse. Sentamos na sala e pensei no que havia em casa que eu pudesse oferecer.

— Quer beber alguma coisa, treinador?

— Aceito uma água, meu caro. Estou dirigindo.

— Vou buscar. Só um momento, fique à vontade.

Larguei no corredor a bolsa do treino e fui até a cozinha, sendo breve. Era uma visita inesperada, embora eu pudesse imaginar o conteúdo da conversa. Graças a um beijo na palma da minha mão, nossos nomes estavam em todo lugar da internet.

— Adriano, eu não costumo visitar os atletas que convoco para jogar no meu time, mas acredito que saiba que estamos em uma situação bem específica aqui.

CAIU NA REDE 123

Desde que voltamos da convocação e aquela matéria saiu, a situação ficava cada vez mais específica.

— Treinador, sobre o que saiu na imprensa...

— Eu sei o que saiu. Todo mundo sabe. Me deixe falar primeiro — pediu, me cortando. — Já ouvi o lado da minha filha na história. Quero saber de tudo por você também. Assim, posso tomar as melhores decisões sobre o que diremos à imprensa.

— Laura falou sobre... tudo?

Dificilmente eu conseguia imaginar que ela tivesse dito a ele que nós...

— Que vocês se amam, sim. Porém quero ouvir o seu lado.

Ai, caramba.

— O senhor sabe que nos conhecemos no Bastião, certo? E que moramos no mesmo prédio desde então? — indaguei, e ele assentiu. — Acho que me apaixonei pela sua filha desde o primeiro olhar. Ela é linda, e conheci outras características da Laura com o tempo. Inteligente, dedicada, batalhadora, talentosa... São muitos os adjetivos para ela. Ficamos amigos por morarmos no mesmo prédio e, quando decidimos dar uma chance ao que sentimos, o senhor foi escolhido como treinador.

Apoiei as costas no sofá, rindo sozinho da minha própria desgraça. Quem diria que eu teria que me explicar dessa forma para Leandro?

— E desde então... o que tem acontecido? Vocês continuam juntos?

— Bem que eu queria — admiti. — Para ser honesto, preferia estar com Laura do que defender a Seleção. Ela é a mulher da minha vida, professor. Não quero deixar nada ficar entre nós, mas essa não é uma escolha só minha.

— Minha filha escolheu o cargo? — perguntou, mas era claro que ele sabia a resposta.

— Ela fez o certo. O que Laura está fazendo na Seleção vai entrar para a história, senhor. E quando vencermos a Copa do Mundo, ela subirá ao pódio conosco, receberá a medalha, erguerá a taça... Quantas mulheres podem dizer que fizeram isso por um time masculino?

— A única que eu conheço é Iva Olivari, mas não sei se a Seleção da Croácia já venceu alguma coisa.

— Viu? Entendo que o que ela está fazendo é importante. Levei um tempo para aceitar, mas sua filha e eu não estamos juntos desde a minha primeira convocação. Ela sabia quais seriam as consequências se alguém nos visse. Bom, não precisaram nem de provas, apenas de um rumor, para começar esse escarcéu.

— Quem foi que os viu juntos? O que ele viu?

— Eu tinha saído do banho e fui para o vestiário, enrolado na toalha. Só tinha Laura por lá. Ela disse que sairia, mas paramos para trocar algumas palavras. Sua filha me parabenizou pelo jogo. Como estávamos sozinhos, coloquei a mão no rosto dela. Laura virou o rosto e beijou minha mão. Foi só isso. Não sei o quanto Carlinhos, o roupeiro, viu e ouviu. O problema foi que eu disse que ninguém acreditaria nele e o desafiei a falar com a imprensa. Queria tentar diminuir o que ele viu, para que pensasse que ninguém iria acreditar. Acho que esse foi o meu erro.

— Isso significa o que para você e minha filha?

— O que quer dizer, treinador?

— Como você se sente com relação a ela? O que pretende fazer sobre os rumores que estão sendo divulgados?

— Eu não sei, Laura não responde minhas mensagens. Vou fazer o que ela quiser, o que for facilitar a vida dela. Não pretendia que nossos nomes estivessem envolvidos em tamanha confusão.

— Como você se sente com relação a ela? — repetiu a pergunta, enfaticamente.

— Eu sou completamente apaixonado por sua filha, professor. E vou ficar esperando quanto tempo for preciso. Seis meses, cinco anos, dez, vinte. Eu só quero que Laura possa realizar os projetos dela e, quando for a hora, possamos ser felizes juntos.

— Mesmo que você tenha que esperar se aposentar para isso?

Dei de ombros, porque não me via ao lado de nenhuma outra pessoa.

— Eu sou um homem paciente — declarei.

Leandro apoiou o tornozelo no joelho e tirou o celular de dentro do bolso, encontrando algo para me mostrar.

— Vamos soltar este comunicado no site da ABF. Laura está de acordo, gostaria que você aprovasse também.

O bloco de notas estava aberto com uma mensagem sucinta.

Diante do assunto que tem sido pauta na imprensa esportiva, com relação ao atleta Adriano Silva, à preparadora física Laura Caxias e ao treinador Leandro Caxias, a ABF informa que:
- afastou o funcionário que vazou informações incorretas para a mídia;
- esclareceu com os envolvidos que o relacionamento existente entre Laura Caxias e Adriano Silva é de amizade, uma vez que ambos serviram previamente o mesmo clube e moravam no mesmo prédio;
- Laura Caxias deixou seu antigo endereço após ameaças recebidas; e
- orientou que a profissional busque os meios legais para mover processos de difamação.
Uma coletiva de imprensa será feita na próxima semana, na qual Leandro responderá perguntas com relação ao caso. A data será divulgada em breve.

Sem acreditar, devolvi o aparelho para ele. Ela tinha se mudado do prédio? Iria processar os jornalistas?

— Além disso, Laura tomou uma decisão sobre o próprio futuro, após toda a repercussão. Lamento muito a escolha que ela fez, porém respeito as vontades da minha filha e sugiro que converse com ela assim que possível. — Em seguida, ficou de pé. — Quanto ao seu papel na Seleção, meu jovem, nada mudou. Espero poder contar com você em novembro.

— Também espero, treinador. E vou tentar contato com ela. Laura se mudou do prédio? — Não pude deixar de perguntar.

— Sim, foi o melhor. Ela deve contar em detalhes, mas as ameaças foram sérias. Agora vou embora.

Sem mais delongas, ele se retirou. E deixou inúmeros questionamentos para que eu ruminasse sozinho.

Tomei um banho para tentar abstrair. Mas o meu cérebro me levou para a decisão que Laura tomou e que o pai dela não aprovava.

Cozinhei para esquecer. Mas fiquei pensando que nunca mais poderia descer com dois pratos de risoto para dividir um deles com ela.

Sentei no sofá e tomei uma cerveja. Mas estava passando futebol na televisão e lembrei que dificilmente nos sentaríamos juntos para ver jogos outra vez.

Que inferno. Puta que pariu. Que merda!

Busquei o celular na mesinha de centro e abri o Instagram. Digitei o perfil de Laura, tentando encontrar alguma indicação de onde ela estava morando agora. Pouco tempo havia se passado desde que tudo aconteceu, como ela encontrou um apartamento tão rápido? Como fez a mudança sem que eu visse, sem que eu sequer tivesse ouvido falar a respeito?

Por que ela não falou comigo?

Abrindo os *stories* do dia, havia cinco postagens. Em uma delas, uma vista de onde imaginei ser o quarto dela, escrito "bom dia". Não parecia ser um lugar conhecido, e logo eu entendi o motivo. No segundo post, Laura estava entrando na Sagrada Família. Sim, a Sagrada Família que fica em Barcelona, na Espanha.

Mandei uma mensagem no perfil dela, sem pensar duas vezes.

Mudar de prédio tudo bem, mas de país?

Minha mensagem não foi vista imediatamente, porém considerei que, se estava em Barcelona, ela estava muitas horas à minha frente.

Enquanto esperava por sua resposta, muita coisa aconteceu.

A nota da ABF saiu, o que fez meu celular explodir com mensagens e ligações.

Meu empresário me ligou dizendo que eu deveria procurar minha assessoria de imprensa para fazer um pronunciamento também.

Meus advogados me procuraram por e-mail, querendo saber se eu desejava mover uma ação contra o funcionário.

Minha resposta foi não para ambos. Apesar de o homem ter sido inoportuno, ter aumentado a informação, ele não mentiu completamente. Eu não poderia mover um processo contra ele se esperava ficar com Laura no futuro. O melhor agora era deixar esse assunto morrer, abafar o caso completamente. Em algum momento, quando finalmente ficássemos juntos, tudo retornaria, mas não seria da conta de ninguém.

Recebi mensagens de outros jogadores da Seleção, querendo saber a real história. De colegas nossos do Bastião. De Alex. Dos meus pais.

Para o meu progenitor, liguei de volta.

— Gabriel falando.

O jeito peculiar com que meu pai atendia o telefone residencial sempre me rendia um sorriso.

O fato de ele ainda ter um telefone fixo na residência também me rendia um sorriso.

— Ei, pai. O senhor me ligou.

Ele suspirou, e pude ouvir o som de sua barba sendo coçada.

— Filho, acabei de ver a notícia na internet. E a nota da ABF.

— O senhor está com tempo? — perguntei, sabendo que precisaria contar a verdade a ele em algum momento.

— Estou, garoto. Vai finalmente me dizer o que está acontecendo? Desde que a notícia disso saiu, você está agindo estranho conosco.

— Pai, é que a história que eles contaram é mentirosa, mas não está muito longe da verdade.

Com calma, contei minha versão dos fatos, de todo o meu relacionamento com Laura. Meu pai ouviu sem questionar nada. Só soube que ele permanecia na linha, pois continuava escutando o som de sua barba sendo coçada e de sua respiração.

— Entendo, filho. Você precisa mesmo ser cuidadoso com esse relacionamento. Se vocês se amam, dá para esperar algum tempo.

— Essa situação não te incomoda em nada, pai?

— E por que deveria? — rebateu, tranquilo. — Se vocês dois estão arriscando suas carreiras profissionais, o futuro... é porque a coisa é séria. Sei que não correria o risco por um casinho qualquer. Criei um filho inteligente.

— Eu sou completamente louco por aquela mulher, pai.

— Bom. — E deu um risinho seco. — É bom saber que você encontrou alguém, mesmo que seja tão complicado assim.

Um homem de poucas palavras, que me ouvia confessar estar apaixonado e falava "bom".

— Vou descomplicar isso em algum momento. Por ora, só temos que passar por tudo e manter o emprego dela.

— Não espero nada diferente de você, filho. Só quero te lembrar de ser cuidadoso com tudo. Sua barra vai ficar limpa logo, mas temo que fique uma mancha sobre o nome da garota por causa dessa fofoca. Se a ama, precisa garantir que as coisas sejam mais simples para ela.

Como sempre, ele estava certo. Não parei de pensar nisso, no fato de eu ter que me jogar aos leões, se necessário, para garantir que ela possa realizar os próprios sonhos e objetivos da carreira.

Para que ela possa fazer história no papel para o qual foi contratada para cumprir.

Eu faria o que fosse preciso, sem pestanejar.

Minutos depois da ligação com meu pai, Laura respondeu minha mensagem no Instagram, perguntando se eu queria conversar com ela por vídeo.

Mas é claro que sim, porra.

Abri o WhatsApp e encontrei seu número, iniciando uma chamada na mesma hora. Não demorou para o seu rosto bonito aparecer do outro lado, embora se mostrasse bem cansado.

DÉCIMO NONO
COMPLETAMENTE APAIXONADO

30 de setembro de 2022.

— Oi, dengo — disse ela, mudando os papéis, para variar.

Um sorriso se espalhou no meu rosto, porque era muito bom vê-la e ouvi-la falar assim comigo.

Era muito bom estar cara a cara com ela outra vez, mesmo que por uma tela.

— Oi, minha linda! Como você está?

Ela me deu um sorriso tímido, sabendo que essa não era uma pergunta em vão, daquelas que a gente solta no início da conversa só por obrigação.

— Tem sido complicado, como você pode imaginar.

— Imagino, sim. Tem sido difícil aqui também, mas sei que para você é dez vezes pior.

Ela suspirou do outro lado, olhando para cima por um momento.

— Peço desculpas por não ter ligado antes, mas é que tudo aconteceu na velocidade da luz nos últimos dias.

— Não precisa se desculpar, sério.

— Preciso, sim. Acho que passei da fase em que achava que ficar te evitando a todo custo resolveria algo. Sei que temos que falar sobre as coisas, decidir juntos o que for possível. Afinal, não consigo mais ver um futuro que não inclua você.

Eu fiquei sem ter o que dizer. Abaixei a cabeça, tentando fazer descer o nó que se formou na minha garganta.

— Que bom ouvir isso. Eu... — Sem saber exatamente como responder a ela, mudei de assunto: — Seu pai esteve aqui hoje.

Ela assentiu, apoiando a mão no queixo.

— Ele me disse que passaria no meu apartamento para buscar algumas caixas que sobraram e que tentaria falar com você sobre a nota da ABF. Espero que tenha corrido tudo bem.

— Contei a ele sobre nós, sobre o que eu sentia por você — revelei.

— Imaginei que ele te questionaria. Tivemos uma longa conversa também. Espero que meu pai não tenha feito muitas perguntas — disse, em um tom de desculpas.

— Apenas o suficiente. Ele me contou sobre a sua mudança, mas não deu detalhes.

Suspirando outra vez, Laura se ajeitou na cadeira e falou:

— Sim, vamos lá. Tenho que te contar um pouco sobre o que está acontecendo do lado de cá. — E pegando um prendedor em algum lugar, ela amarrou o cabelo com um rabo de cavalo no topo da cabeça. — Comecei a receber ameaças pelas redes sociais, principalmente no Instagram. Descobriram meu endereço. Mandaram uma carta com ameaças para mim. Por causa disso, fiquei com medo e decidi deixar o prédio.

— Eu não sabia de nada, Laura. — Cocei a cabeça, tentando entender o que levava alguém a fazer aquilo. — Queria ter estado com você.

— Quando a carta chegou, meu pai estava em casa comigo. Ele me ajudou, não quis te incomodar.

— Você não me incomoda nunca, dengo — interrompi.

Um sorrisinho tímido e grato apareceu em seus lábios, mas a postura séria logo retornou.

— Naquele mesmo dia, meu pai me fez deixar o apartamento. Passei alguns dias na casa da Thelma. Ela tem sido minha rocha por estes dias. — Suspirando, continuou: — Quando voltar ao Brasil, vou para um novo apartamento. Fica perto daí, depois te dou o endereço. Você sabe que eu gosto dessa região, fica perto da ABF, da praia…

Uma imagem da Laura de biquíni me veio à mente, mas logo afastei. Foi uma única vez, mas a luz do sol iluminava sua pele, cada curva deliciosa de seu corpo me chamava. Pensar naquilo, naquela hora, não ajudaria em nada a afastar a saudade que estava no meu peito.

— Eu sei bem — disse, simplesmente.

— No momento, estou em Barcelona. Meu pai queria que eu fizesse esse curso por aqui, acabou vindo em boa hora.

— Quanto tempo você vai ficar fora? — perguntei, ansioso para vê-la novamente.

— Três semanas no total, já se passaram quatro dias. Mas tem outra decisão que eu tomei e que preciso te contar.

Eu só conseguia pensar que deveria ser a mesma que Leandro citou não concordar, mas respeitar. E estava ansioso para saber logo, para desfazer as mil dúvidas que estavam na minha mente.

— O que é? — questionei, incentivando.

— Depois da Copa do Mundo, eu vou deixar a Seleção Brasileira —

declarou, e me fez arregalar os olhos para ela de imediato. — Vou aceitar uma vaga no departamento de esportes da UCLA.

A notícia me atingiu com um baque. O que... O que exatamente aquilo significava para ela? Para nós? Para o nosso futuro? Para a carreira que ela estava traçando?

— Mas... você vai deixar o sonho da Seleção de lado? E a história que você está fazendo? E os planos de abrir caminho para outras mulheres?

Suspirando, ela me deu um sorriso tímido e explicou:

— Eu estou vivendo o sonho. Estou fazendo história. Estou abrindo o caminho para outras mulheres. Quem vier depois de mim saberá que eu estive aqui. Quem pensar em contratar mulheres daqui para frente pensará em como foi ter Laura Caxias na equipe. Mas eu também estou vivendo um pesadelo, Adri. Fazer história cobra um preço, e eu não vou mais pagar por ele.

Eu entendia. Sim, era um sonho e um pesadelo para ela. Não foi apenas a cena de nós dois no vestiário que virou sua vida do avesso, como aconteceu com a minha.

Eles estavam destrinchando sua vida pessoal e profissional desde o anúncio de que se juntaria à comissão técnica. Era uma situação completamente exaustiva.

— Também acho que isso vai ajudar a fazer as pessoas esquecerem essa situação entre nós, a descansar minha imagem. A sua também.

— Mas quando voltarmos a ficar juntos e as pessoas descobrirem, não vai voltar tudo? Não acha que vão dizer que estamos juntos desde o começo?

Foi então que a ideia me ocorreu. Ela ainda queria que ficássemos juntos, não é? Toda essa situação a fez desistir?

Ainda com a cabeça girando, olhei em seu rosto, notando que ela também estava pensando em muitas coisas.

— Depois de tudo isso, de todas as coisas que estão falando sobre você na mídia, de dizerem que só está na Seleção porque namora a filha do treinador, você ainda quer ficar comigo?

Puta que pariu, ela ainda tinha dúvidas?

— Laura... — Rindo da minha própria desgraça, eu me ajeitei no lugar. — Eu te amo. Você é a mulher da minha vida. Se for agora ou daqui a cinquenta anos, eu sempre vou querer ficar contigo.

E se ela tinha dúvidas sobre isso, eu estava fazendo um péssimo trabalho em demonstrar.

Carta 1, Rio de Janeiro, 30 de setembro de 2022.

Querida Laura,
Enquanto a gente conversava hoje, fiquei pensando que o tempo em que estamos oficialmente afastados pode ter feito você esquecer o tanto que eu sou apaixonado por você. Então hoje decidi começar a escrever cartas, uma por dia até o dia 18, quando você volta ao Brasil.
Espero passar todas elas por baixo da sua nova porta.
Ainda bem que você gosta de ler, porque será tanto material que eu poderia enviar para uma escritora de romance criar umas quinhentas páginas sobre o nosso amor.

Eternamente seu,
Adri.

Carta 2, Rio de Janeiro, 1 de outubro de 2022.

Querida Laura,
Hoje eu decidi listar coisas que me fazem ser completamente apaixonado por você. Talvez não todas elas, pois eu nunca acabaria de escrever a carta, mas aquelas de que eu consigo me lembrar no momento.
- Seu pensamento rápido;

- suas respostas afiadas;
- sua língua, capaz de fazer maravilhas, em diversos sentidos;
- suas mãos;
- sua memória impressionante;
- sua criatividade para dar treinamentos;
- seu profissionalismo;
- sua facilidade para decorar fatos aleatórios;
- aquele seu vestido verde que tem umas pedrinhas no decote;
- aquele seu livro de safadeza, da capa azul, que tem vários trechos marcados com post-it;
- suas coxas ao redor da minha cintura;
- sua paciência;
- sua garra e determinação;
- a sua coragem de ir em busca dos seus sonhos;
- sua cara pacífica enquanto dorme;
- o seu dedo mindinho do pé;
- sua disponibilidade em ajudar;
- seu sorriso;

(Vire a folha)

Carta 3, Curitiba, 2 de outubro de 2022.

Querida Laura,
Percebi hoje que você receberá cartas de diferentes lugares do Brasil, já que vou escrever todos os dias e o clube está com jogos a cada três dias. O futebol brasileiro já tem um calendário inchado, você sabe, mas este ano, com a Copa do Mundo... Eu mal sei a cor

das paredes da minha sala, já que nunca fico lá. Acho que esqueci.

Hoje a carta é rápida, só para te dizer que vou precisar te encontrar na sua casa assim que possível. Não é por nada, é só uma sensação de formigamento que eu tenho sentido nos braços. Meu médico (o Google) me disse que é saudades de te abraçar. O único remédio para mim é colocar os braços ao redor do seu corpo e ficar nessa posição por alguns minutos, no mínimo. Seu calor será capaz de me curar. Até lá ficarei com esse formigamento, que não passa por nada.

Eternamente seu,
Adri.

Carta 8, Rio de Janeiro, 7 de outubro de 2022.

Querida Laura,
Hoje, quando eu voltava do treino, simplesmente estava com muita preguiça de encontrar uma playlist. Você me conhece. Coloquei no rádio e estava tocando esta música aqui, que me lembrou de você. Então esta é a minha carta do dia:

Ela está em todas as coisas
Até no vazio que me dá
Quando vejo a tarde cair
E ela não está

Talvez ela saiba de cor

Tudo que eu preciso sentir
Pedra preciosa de olhar
Ela só precisa existir
Para me completar

Eternamente seu,
Adri.

Carta 12, Brasília, 11 de outubro de 2022.

Querida Laura,
 Você não faz ideia de que estou escrevendo isto apoiado nas costas do Alex, na fila para o embarque no avião. Sinto muito pelo garrancho. Perdemos o voo mais cedo, viemos para Brasília fazer a conexão. Caos. Absoluto e completo caos.
 Saiba que amo você. É só o que consigo escrever no momento, então decidi registrar o mais importante.
 Amo você.
 Amo.
 Você.

Eternamente seu,
Adri.

Carta 19, Rio de Janeiro, 18 de outubro de 2022.

Querida Laura,

Sentei aqui na porta do seu apartamento novo para escrever a carta de hoje antes de ir para a concentração da equipe. Não que eu esteja na correria ou algo assim, como nos outros dias, mas é que esta é a última e eu senti que era importante. Foi uma luta convencer o porteiro a me deixar entrar, tive que ligar para Thelma me liberar. Ainda bem que vocês moram no mesmo prédio agora.

Espero te ver em breve (de preferência na hora em que você pousar, mas aceito no meu jogo) e estou colocando as entradas para o camarote do Bastião aqui para a partida do fim de semana. É na Arena Bastião.

Se a gente não se encontrar, tudo bem também. Nem sei se você vai ler todas as dezenove cartas assim que pisar no seu apartamento. Eu só quero te ver, conversar com você e resolver aquele problema do formigamento que comentei na outra carta.

A essa altura do ano passado, achei que 2022 seria só mais um. Talvez, com sorte, se eu te convencesse de que éramos feitos um para o outro, seria o ano em que eu te apresentaria ao mundo como o amor da minha vida. Mas eu fui convocado para a Seleção, virei titular, te perdi e, contra a minha vontade, o mundo ficou sabendo que eu te amo. Se a gente ganhar a Copa do Mundo, eu vou te pegar no colo e te beijar em cima do pódio. Dane-se o que vão pensar.

Enfim, é isso. Queria ter escrito algo mais profundo e demonstrar todo o meu sentimento, mas já amassei uns seis papéis e não vou fazer de novo com este. Agora vou começar a passar as cartas por baixo da sua porta.

Amo você.

Eternamente seu,
Adri.

Enviado em 19 de outubro de 2022, às 00:43.
De: lauracaxiasprepfis@gmail.com
Para: adriano_silva18@gmail.com
Assunto: Carta 1

Adri,

Seria impossível escrever uma carta e ir até o seu apartamento entregar. Minha rotina amanhã vai ser uma loucura. E você vai ficar concentrado para ir a algum lugar, certo? Não consegui descobrir onde.
Bom, senti sua falta nos últimos dias. Foram poucas as mensagens que trocamos. Aí cheguei ao apartamento novo e me deparei com dezenove cartas suas.
Quero te ver, Adri. Me avise por mensagem quando você vai estar em casa. Tenho muita coisa para te dizer, mas apenas pessoalmente.

Com amor,
Laura.

VIGÉSIMO

TÃO SERELEPE

21 de outubro de 2022.

Ouvi o barulho das chaves na fechadura da porta da frente e meu corpo saltou, mas logo relaxou ao se lembrar da única pessoa que tinha as chaves da minha casa e que prometeu vir me ver assim que fosse possível.

Quando recebi o e-mail de Laura, já era manhã do dia seguinte. Estava em Fortaleza para um jogo e fui dormir cedo, querendo acordar bem. Acordei melhor ainda ao ler o conteúdo. Avisei que retornaria hoje pela manhã, que ela poderia aparecer no horário que fosse.

Sete da noite, olha ela aqui.

— Adri? — chamou, sua voz fazendo meu pulso se acelerar de novo. — Cadê você?

— Aqui. — Saí da lavanderia, pisando no corredor. Logo ela me viu e veio até mim, um sorriso largo espalhado pela face. — Ei, dengo.

Sem demora, ela passou os braços pelo meu pescoço e eu a segurei pela cintura. Respirei fundo, me deliciando com aquela sensação.

Fazia muito tempo desde a última vez.

— Melhor? — perguntou, o rosto apoiado em meu peito.

— Estou ótimo.

— O formigamento passou?

Ah, sim. Um risinho me escapou.

— Ainda não, me abraça mais um pouco.

Rindo, ela levou a mão ao meu rosto. Trazendo minha face para perto, beijou minha bochecha.

— Vai, me oferece um vinho e vamos ver um pouco de futebol na TV.

O vinho tudo bem, mas nada de TV. Nós tínhamos muito o que conversar.

— Preciso falar com você, mas o vinho já vem.

Saltitando, ela foi se sentar no sofá e eu andei até a cozinha para buscar vinho e taças. Eu não bebia muito no dia anterior ao jogo, mas uma taça não faria mal.

Fiquei muito em dúvida sobre que Laura eu encontraria quando ela aparecesse em casa, porém eu não estava esperando uma tão sorridente e positiva. Nos últimos meses ela esteve séria, mantendo a distância.

Não era o caso dessa vez.

— Aqui. — Entreguei as taças para ela segurar, servindo-as na sequência. Na TV, ela já tinha colocado uma reprise da última rodada da Champions League para vermos. — Laura, quero falar sobre a gente.

— Adri, você me ama? — O rosto sério não abria espaço para fuga.

— Você sabe que eu te amo — declarei, sendo óbvio.

— E nós vamos ficar juntos?

— Se depender de mim, claro que sim.

— Então essa conversa pode esperar a Copa do Mundo passar. Hoje eu só quero ver futebol com você, tomar um vinho e, se você também quiser, te beijar a noite inteira — avisou, se aproximando de mim.

Puxei suas pernas para o meu colo, sem acreditar que ela estava sequer sugerindo isso.

— O que aconteceu que você está tão serelepe?

— Serelepe? — rebateu, rindo.

Minha escolha de palavras foi um tanto peculiar, mas Laura não tinha escolha.

— É, tão…

— Feliz? Livre? Apaixonada por você?

Segurei seu rosto, sem saber como lidar com aquela Laura. Já fazia um tempo desde que a vi desse jeito.

— É que eu me libertei com essa história de nos pegarem no vestiário. Passei todos esses meses longe do homem dos meus sonhos porque queria ser profissional, mas inventaram uma fofoca capaz de acabar com a minha carreira, enquanto eu segurava o seu rosto. Então chega, vou ser profissional amanhã. Hoje quero me perder no amor da minha vida.

Ela estava mais do que certa. E eu nunca fui homem de perder tempo.

Levei uma das mãos ao seu rosto, pronto para perder todo o profissionalismo. Tirei a taça de sua mão e trouxe Laura para sentar no meu colo. Ela guinchou, surpresa. Segurei seu pescoço, deixando nossos narizes se tocarem. Deixei o meu descer por sua pele, matando a saudade de tê-la em meus braços.

As unhas de Laura subiram por minhas costas, levando arrepios pelo caminho.

Puta que pariu, deve ser meu dia de sorte.

Meus lábios tocaram os seus bem devagar. De leve. Uma carícia suave. Respirei fundo, enchendo meu peito de ar.

Eu iria precisar.

Gemendo baixinho, Laura avançou em minha boca, querendo tanto quanto eu. Ela me segurou pelo pescoço, ditando o ritmo, exigindo o que desejava. O vinho ficou para depois, o esporte ficou para depois. A prioridade no momento era matar a saudade dos últimos dez meses.

LISTA DOS CONVOCADOS PARA A COPA DO MUNDO DO QATAR 2022
GOLEIROS: Arlindo, Fernando e Juan.
LATERAIS: Douglas, Gabriel, Pedrinho e Rafa.
ZAGUEIROS: Adriano Silva, Bento, Diogo, José Augusto e Magno.
MEIO-CAMPISTAS: Alex, Eli, Rodrigo, Nilton, Everton, Tiaguinho e Valdemiro.
ATACANTES: Bruno, Gomes, Kevin, Orlando, Paulo Magrão, Rocha e Téo.

Brasil convocado para a Copa do Mundo
A lista do professor Leandro Caxias trouxe 26 nomes já conhecidos da Seleção Brasileira

Publicado em 1º de novembro de 2022, por Elias Melo

Quando Leandro Caxias assumiu a Seleção Brasileira, em dezembro, não era esperado que ele trouxesse muitas novidades para a equipe. Com menos de um ano e poucas partidas para apresentar aos jogadores o futebol que ele gostaria, era esperado que a lista final trouxesse poucas mudanças do que foi visto nos quatro anos desde a Copa da Rússia.

Dentre os 26 selecionados, os nomes dos goleiros e dos laterais não apresentaram novidades. Entre os zagueiros, a primeira mudança: Adriano Silva pegou a vaga de Beto Ramires, situação que envolveu polêmicas e acusações de que o atleta estava envolvido romanticamente com a preparadora física da Seleção e filha do treinador, Laura Caxias. Leandro também trouxe José Augusto e Magno, que participaram do ciclo, mas estiveram apenas em uma convocação do treinador.

Dentre os meio-campistas, a novidade ficou por conta de Régis, que não apareceu em nenhuma convocação, mas é o líder de assistências da La Liga. Entre os atacantes, Leandro também chamou Orlando e Rocha para o ataque, atletas que eram dúvida na lista final.

Toda sorte do mundo para a nossa Seleção no Qatar!

VIGÉSIMO PRIMEIRO

A CAMINHO DA COPA DO MUNDO

19 de novembro de 2022.

O motorista deu a partida no ônibus e Leandro ficou de pé. A tensão podia ser sentida em cada um dos atletas e membros da comissão técnica. Estávamos a caminho da Copa do Mundo. E tínhamos chances.

Em 2018, meu nome não era sequer cogitado para a Seleção. Aos 27 anos, em pleno auge físico, eu era visto como um zagueiro mediano. Mas evoluí muito em um curto espaço de tempo e fiz partidas muito boas em 2020, no auge da pandemia. Em 2021, todos os jornais esportivos esperavam ver meu nome nas convocações, porém minha chance não chegava. No fim da temporada, eu já estava completamente desestimulado quanto a isso. Só queria conquistar minha garota e seguir dando bons resultados ao Bastião.

Então o professor Leandro assumiu. Perdi a garota. Ganhei a vaga de titular. Ganhei a garota de novo (mais ou menos) e agora estava a caminho do Qatar. Tanta reviravolta que eu já nem sabia mais em que pé estava.

— Senhores — começou o treinador, ficando de pé e chamando nossa atenção —, nos próximos dias, vocês me ouvirão fazer diversos discursos. Por isso, para não sobrecarregá-los, vamos apenas fazer uma oração pedindo proteção para nossa viagem e para o que faremos lá. Para que possamos jogar um bom campeonato e, se for da vontade de Deus, trazer o hexa para casa.

Em uma só voz, rezamos para Deus e Nossa Senhora. Depois, fechei os olhos e apoiei a testa no vidro do ônibus, me preparando para a descida da serra. Trap nacional tocava nos meus fones de ouvido, Ret e Poze cantando sobre se sentir abençoado pelas coisas que estavam acontecendo na vida deles. Sim, eu me sentia abençoado na minha vida também. E muito mais coisas estavam no meu caminho, porque eu batalharia por elas.

Como sempre, minha mente voou para a mulher sentada alguns bancos à frente. Quando Laura voltou de viagem, ela foi até a minha casa, nós fizemos amor, bebemos vinho, assistimos a futebol e eu tive que treinar cedo no dia seguinte. Desde então, não nos vimos mais.

Trocávamos mensagens com frequência, mas aquela conversa importante ainda não aconteceu. E, pelo visto, Laura não tinha nenhuma pressa em fazer acontecer.

Desde que meu nome apareceu na lista final (e o de Beto, não), muito foi dito sobre ela. Se aquela mulher, de cujo caráter todos duvidavam, seria capaz de manter as mãos longe dos santos atletas da Seleção Brasileira. Qual seria o próximo alvo dela? Que casamento ela destruiria? Quem seria o próximo jogador que cederia aos encantos da mulher que tem "a cor do pecado"?

Eu só queria dizer, para todo mundo, que amava aquela garota muito antes de a primeira convocação acontecer; que o pai dela me convocou sem saber de nada e que eu virei titular da Seleção porque era muito bom no meu trabalho; que ela merecia estar no lugar onde estava, e que fiquei dez meses sem tocar um dedo na mulher da minha vida simplesmente porque respeitava a camisa que nós dois vestíamos.

Um dos meus fones foi retirado e, olhando para a minha esquerda, analisei a expressão no rosto de Alex.

— O que foi? — perguntei, quando ele não disse nada.

— Estamos focados? A cabeça está com tudo no jogo?

Suspirei, querendo que a resposta fosse simples.

— Irmão, não é um interruptor, que liga e desliga. — Dei de ombros. — Bianca vai viajar para o Qatar?

— Sim, mas só na final. Vai levar uma porção de amigos. Um dos patrocinadores dela deu os ingressos. Mas, por favor, vamos focar aqui. Não fuja do assunto.

— Que assunto, maluco? — Tentei fugir mais uma vez.

— O assunto. — Deu um tapa na minha nuca. — Larga de ser sonso.

— Tudo bem. — Virei o corpo na direção dele, querendo acabar logo com "o assunto". — Depois daquele dia, não nos vimos mais. Toda vez que menciono o "vamos nos encontrar", ela escapa. Se sugiro que conversemos sobre nós, ela diz que nada mudou e não vai mudar até o fim da Copa do Mundo. Quero conversar olhando nos olhos dela para saber exatamente o que vai mudar, mas não ficamos sozinhos todos esses dias. Ela está se esforçando para não ficar sozinha comigo de jeito nenhum.

— Não é só com você — comentou, passando a mão no cabelo e

puxando os fios para trás em um rabo de cavalo. — Ela também fez isso comigo outro dia. E vi o mesmo com Douglas esses dias. Acho que ela está evitando ser vista sozinha com algum dos atletas, para não haver mais fofocas.

— Eles vão arrumar outra coisa para falar sobre ela, não adianta. Não vão sossegar enquanto não tirarem a vaga da mulher que está fazendo história.

— E que faz um bom trabalho, né? Melhor que aquele encostado do Bruno, pelo menos.

— Porra — soltei, feliz por encontrar alguém que pensasse igual. — Achei que só eu pensasse nisso, porque para mim tudo que ela fazia era perfeito.

Depois de gargalhar às minhas custas, Alex completou:

— Não tem como, irmão. Se você prestar atenção, vai ver que ela carrega o cara nas costas.

E era isso mesmo. Eu esperava que Leandro conseguisse outra pessoa para a vaga de Laura, que Bruno não se tornasse o único preparador, porque vamos regredir se isso acontecer.

As ruas de Turim entraram em foco. Diferentemente das Copas anteriores, nessa tivemos pouquíssimo tempo para treinar. Parecia que tudo estava sendo mais difícil no ano em que Leandro Caxias assumiu. Passamos apenas uma semana treinando no CT da Juventus, na Itália, agora iríamos em voo fretado para o Qatar. Eram mais de sete horas até Doha, onde ficaríamos concentrados. Nossas famílias chegariam nos próximos dias para se instalar em um hotel próximo, mas eu não pretendia encontrar ninguém. Conversei com meus pais e amigos sobre isso, e eles não pareceram se importar. Sabiam que era um momento importante para mim e eu estava muito, muito focado.

Nada me tiraria do objetivo de trazer o hexa para casa.

E trazer minha mulher junto.

— Bom, eu vou ficar aqui, mas finjam que não estou — Alex comentou, colocando os fones de ouvido. Olhei para o meu lado direito, vendo que Laura tinha sentado lá.

— Obrigada, Alex — falou, olhando para ele. Na sequência, dirigiu-se a mim. — Queria saber como você está. Não conversamos muito na última semana.

— Clínica ou emocionalmente?

— Clinicamente — respondeu, com um sorrisinho. — Emocionalmente é um caminho perigoso.

Rindo baixinho, espiei à minha esquerda, para ter certeza de que Alex não prestava atenção, e continuei.

— Estava pensando em relação à viagem. Quero falar sobre emoções com você, mas não no meio do aeroporto lotado.

— Então vou mudar minha resposta para "ambos".

— Clinicamente estou ótimo. O doutor Armando fez um check-up completo em nós dois antes de nos mandar para cá.

— E emocionalmente? — Um olhar relaxado se espalhava em seu rosto.

— Sou uma bomba-relógio prestes a estourar a qualquer momento. Juro, parece que finalmente a ficha está caindo, de tudo que aconteceu no último ano. A esta altura, no ano passado, eu não tinha pretensão nenhuma de defender a camisa da Seleção. E agora estou aqui, com a possibilidade de ser titular da Copa do Mundo.

— Possibilidade? — Ela me empurrou pelo ombro. — Você é o titular, dengo. Não há dúvida.

Nós nos olhamos por alguns segundos, e deixei o "dengo" penetrar a minha alma. Como eu queria não estar sentado no aeroporto, com toda a equipe ao meu redor.

— Se você me chamar assim mais uma vez, eu vou cometer uma loucura.

Sorrindo, ela se afastou levemente.

— Por falar nisso, não cumpra aquela sua promessa da carta — pediu, a expressão ficando séria.

— De qual promessa estamos falando?

— De me beijar no meio do campo se vencermos a Copa — explicou, o que me arrancou uma risada. A vontade de fazer aquilo era muito grande. — Eu e você precisamos acontecer de forma muito organizada. Sem impulsividade.

— Se a gente acontecer, o "como" não me interessa.

— A gente vai acontecer, não tem "se" nessa situação.

E minha boca formigava por não estar sobre a dela agora mesmo...

— Vamos deixar esse assunto pra lá este mês, até a Copa acabar. Depois disso, você vai ser minha. Por enquanto, vamos focar no futebol.

Dando dois tapinhas na minha perna, ela se inclinou para mim e sussurrou:

— Sua eu já sou.

Levantou-se do lugar e deixou-me ali, embasbacado.

VIGÉSIMO SEGUNDO
O MOMENTO MAIS INCRÍVEL DA MINHA VIDA

Brasil vence a Sérvia em estreia na Copa do Mundo do Qatar
Seleção Canarinho começa com pé direito

Publicado em 24 de novembro de 2022,
por Amanda Nagle, em Rio de Janeiro

A estreia da Seleção Brasileira na Copa do Mundo do Qatar foi animadora. Os comandados de Leandro Caxias venceram a Sérvia por 2x1 no primeiro dos três jogos nesta fase de grupos, garantindo três pontos.

O jogo foi empolgante, pois mostrou uma Seleção que se impôs, colocando o adversário todo no campo de defesa em boa parte dos 90 minutos. O primeiro gol veio aos 18 do primeiro tempo, pelos pés de Gomes. Após falha da defesa adversária, Eli roubou a bola e entregou para Gomes, que marcou de trivela. Oito minutos depois, foi a vez de Adriano Silva deixar o seu, de cabeça.

Na próxima segunda-feira, dia 28, o Brasil enfrenta a Suíça, às 13h, horário de Brasília. Acompanhe em tempo real o lance a lance do jogo, no nosso Twitter. O pré-jogo acontece em nosso canal do YouTube, a partir das 12h.

A presença feminina na comissão técnica brasileira
Sentada no banco, Laura Caxias está fazendo história no futebol

Publicado em 25 de novembro de 2022,
por Evan Hartz, em Londres

A Copa do Mundo do Qatar começou oficialmente no último dia 20, com uma bela cerimônia de abertura antes do jogo entre a Seleção do país sede contra o Equador. E, apesar de todos os jogos realizados nesta primeira semana de torneio, a imagem que ficará em nossas mentes veio de Brasil e Sérvia: Laura Caxias, mulher negra e sul-americana, sentada no banco de reservas.

Não é o tipo de imagem que se vê todo dia, afinal, o futebol é um esporte muito masculino. Até mesmo na modalidade feminina, as comissões técnicas de muitos países são dominadas pelos homens. No Brasil, por exemplo, antes da chegada da técnica atual, toda a comissão da equipe feminina era formada por homens. Ver uma mulher naquele espaço é cena raríssima, e a equipe de transmissão fez questão de apresentá-la ao mundo mais de uma vez.

Do estádio, recebi inúmeras mensagens de amigos e familiares, que viram Laura sendo mostrada para o mundo e me pediram para ir atrás para conhecê-la. Até aqui, a única memória que eu tinha de uma situação como essa foi a chegada de Iva Olivari, gerente da seleção croata. Em um mar de homens, agora duas mulheres remavam para abrir o caminho para muitas outras.

Buscando entender melhor quem era a moça com o uniforme verde e amarelo, entrei em contato com a assessoria de imprensa da ABF, que me permitiu conversar rapidamente com Laura, preparadora física, por telefone. Confira a entrevista na íntegra:

Evan Hartz: Laura, muito obrigado por tirar um momento do seu dia para conversar comigo.
Laura Caxias: É um prazer conversar com você.

EH: Ainda é inconcebível para mim que você seja a segunda mulher de quem ouvi falar, em uma comissão técnica de futebol masculino.
LC: Prefiro olhar pelo lado positivo, pensar que já sou a segunda. Em 2018, Iva Olivari era a única mulher naquela Copa do Mundo. Duplicamos a quantidade (*diz, em tom de riso*). Falando sério, sei que ainda temos um longo caminho a percorrer, e com tudo que foi falado no Brasil desde que assumi, tenho minhas dúvidas se a comunidade do futebol está pronta para ter mais mulheres trabalhando nesses cargos, mas acredito que estamos avançando.

EH: A recepção do público não foi muito amigável, assumo.
LC: Para ser honesta, não sei se o público foi o maior problema. No anúncio, as coisas pareciam tranquilas. Mas então os programas esportivos, os formadores de opinião, começaram a questionar se eu deveria estar lá, por ser mulher, ou se meu pai

CAIU NA REDE

— que é o treinador Leandro Caxias — me colocou apenas por ser sua filha.

EH: Mas os treinadores colocarem os filhos como membros da própria comissão técnica nunca foi algo questionado.
LC: Os filhos homens, você diz.

EH: É, você tem um bom ponto.
LC: Questionaram minha experiência, minha formação e o fato de que eu incomodaria os jogadores e os deixaria desconfortáveis.

EH: Como os atletas reagiram a você?
LC: Alguns se incomodaram, de fato. A recepção não foi das melhores e meu pai precisou ter uma conversa com os atletas. Mas estamos um ano juntos, e eles perceberam que estou aqui para fazer o meu trabalho e que nosso objetivo é o mesmo: extrair o melhor deles para trazermos o título para casa.

EH: Você é jovem e bonita, Laura. Houve falta de respeito da parte de alguém?
LC: Sim, mas não quero falar disso.

EH: Laura, como você acha que nós, homens, podemos ajudar para que mais mulheres ocupem espaços nas comissões masculinas?
LC: Acho que o mais importante é que os homens entendam que não estamos aqui por causa deles. Não viemos trabalhar com o futebol porque queremos o emprego deles, nem porque estamos interessadas em dormir com eles. Somos tão apaixonadas por futebol quanto qualquer um. Para mim, por exemplo, o futebol esteve presente desde que eu era garotinha. Minha mãe me segurava nos ombros durante os jogos do meu pai e me explicava tudo o que estava acontecendo. Se estamos por aqui, é porque amamos o que fazemos. E não vamos deixar o futebol de lado por puro capricho masculino.

EH: Obrigado por emprestar seu tempo para responder minhas perguntas. Uma boa sorte para vocês na Copa do Mundo. E vida longa para Laura Caxias na Seleção Brasileira!
LC: Eu é que agradeço o espaço. Torço para que mais mulheres possam ver a entrevista e se inspirar a não desistir dos seus objetivos. O caminho foi difícil, mas o final está sendo uma experiência única.

Brasil avança para a semifinal
Dois jogos separam a Seleção Brasileira do sonho do hexa

Publicado em 10 de novembro de 2022,
por Amanda Nagle, em Rio de Janeiro

Vitória mais uma vez! A Seleção Canarinho derrotou mais um adversário no caminho do hexa. Com o placar de 2x0, o Brasil venceu a Seleção da Bélgica pelas quartas de final e está a dois jogos de voltar ao topo do mundo. Agora enfrenta a Argentina, de Lionel Messi, pela semifinal, clássico sul-americano que dá uma pitada de emoção a mais para esta Copa do Mundo do Qatar.

Confira o vídeo com os melhores momentos do jogo.

18 de dezembro de 2022.
— Não adianta reclamar de injustiça e favorecimento. Pela imagem que vimos, fica muito claro que houve, sim, um empurrão no atleta brasileiro, e resta à Seleção Francesa aceitar. Agora temos eles dois na bola parada: Nilton, nosso melhor batedor, e Bento, que sabemos que é zagueiro, mas bate muito bem na bola. Quem será que vem? Quem será? Vem o Nilton, vai chutar direto para o goool, travessããão! Mas teve rebote, quem é que tá ali? É gol! Gooooooooooooool! Ééé do Brasil! — Ouve-se a musiquinha de gol da Seleção e os jogadores correm, ensandecidos. *— Adriano! Ele matou essa bola no peito, veio direto do travessão e chutou em cheio no gol. Para encher a rede adversária e explodir a torcida brasileira no Qatar! E em todo o Brasil! Aos 42 do segundo tempo! Ele mostra a letra C dos sobrinhos para a câmera! O gol da virada, pode ser o gol do hexa. A-dri-ano! Ele foi a aposta do novo treinador Leandro, que colocou o garoto como titular. E deu certo! Adriano fez dois para o Brasil, que vai levando mais uma vez a Copa do Mundo. Depois de dez anos da última taça levantada, lá em 2002, o Brasil será campeão mais uma vez.*

24 de dezembro de 2022.

Nota oficial: Laura Caxias, Raul Andrade e Bruno Ribeiro deixam a comissão técnica da Seleção Brasileira masculina
A partir de hoje, 24 de dezembro de 2022, três nomes da comissão técnica campeã do mundo no Qatar deixam a equipe do treinador Leandro: Laura Caxias e Bruno Ribeiro, preparadores físicos, e Raul Andrade. Laura aceitou outra proposta em uma universidade americana, Bruno está em busca de novos desafios e Raul decidiu se aposentar, para passar mais tempo com a família. Para as vagas, a ABF e o treinador Leandro Caxias gostariam de anunciar a chegada de duas novas profissionais: Rebeca Amorim na preparação física, e Daniele Saraiva como analista de desempenho.
Os demais profissionais seguem na equipe de Leandro Caxias, que está confirmada para mais um ciclo. Agradecemos a Laura, Raul e Bruno pelos serviços prestados, pelo esforço na campanha do hexa e pelo comprometimento com os nossos atletas.

24 de dezembro de 2022.

@lauracaxiasprep: Olá, mundo! Em primeiro lugar, gostaria de aproveitar o post de hoje para desejar que todos tenham um Natal de muito amor e paz com suas famílias. Que seja um momento de celebração para todos. Em segundo lugar, quero tirar alguns minutos para falar sobre a decisão que tomei recentemente e que a ABF acabou de anunciar. Sim, deixei a comissão técnica da Seleção Brasileira em 19 de dezembro de 2022, dia em que retornamos do Qatar. E, sim, foi uma decisão que tomei após muito considerar.

Meu objetivo no esporte é sempre somar; ser a melhor profissional que eu posso, seja no futebol, no vôlei, no atletismo, entre homens, mulheres, seres humanos. Quero ajudar para que meus atletas possam ser melhores. Infelizmente, durante o último ano, quando estive à frente da preparação física da Seleção Brasileira, não consegui ajudar a todos da equipe. Sei que dei o meu melhor, mas o mundo ainda não está preparado para ter mulheres trabalhando no futebol masculino.

O que ouvi dos canais esportivos, de uns torcedores e de alguns dos profissionais (atletas ou não) com quem trabalhei mostrou que há um longo caminho a ser percorrido para que mulheres possam frequentar vestiários de homens sem serem acusadas de dormir com jogadores. Minha relação com Adriano Silva é um capítulo à parte, que deixarei para comentar outro dia.

Hoje, só quero agradecer a cada funcionário que me recebeu na ABF de braços abertos, aos atletas que confiaram no meu trabalho e ao meu pai (e sua comissão), que acreditou em mim. Trabalhar com esses atletas no ano da Copa do Mundo (e trazer o caneco para casa) foi algo que nunca esquecerei. O momento mais incrível da minha vida, sem dúvidas.

A partir de janeiro, retornarei aos Estados Unidos para integrar o departamento de esportes da UCLA, faculdade onde já passei quando estava na comissão técnica do meu querido amigo e professor Arthur. Do que vivi no último ano, tiro o sentimento de dever cumprido, de gratidão e de que ajudei em um pedacinho da história. Quando olharem para a Copa do Mundo de 2022, espero que se lembrem de que houve uma mulher na comissão técnica. Que nenhum dos atletas sofreu lesões durante a competição. Que o time mantinha o fôlego até o final das partidas. E que pensem em dar novas chances a outras como eu. Que possam tratá-las com mais consideração do que me trataram. E que recebam bem as duas novas profissionais da equipe de meu pai, Rebeca Amorim e Daniele Saraiva.

Obrigada a quem me acompanhou até aqui, a quem torceu. Vamos por mais!

Eu: Você está bem?

Laura: Sobrevivendo. Feliz Natal!

Eu: Feliz Natal, dengo. Quando vc vai?

Laura: Dia 8. O que vc vai fazer na virada?

Eu: Tinha uma festa do Luquinhas pra ir. Você?

Laura: O boy novo da Thelma alugou uma ilha. Vem cmg?

EPÍLOGO
QUANDO A BOLA CAI NA REDE

31 de dezembro de 2022.

Olhei ao meu redor, deixando o ar fresco da noite encher meus pulmões. Quando Laura ofereceu para irmos passar a virada do ano em uma ilha, com sua amiga Thelma e outras pessoas próximas, não pestanejei. Eu veria meus companheiros de clube o ano inteiro. A prioridade agora era outra.

Thomas, filho de Luquinhas, corria desesperadamente atrás de Laura. Desde que cheguei aqui, de barco, ela não tinha parado, ajudando a amiga a recepcionar os convidados e garantindo que todos tinham um quarto e uma cerveja na mão. Mas meus planos de escondê-la à meia-noite, para vermos os fogos juntos, já estavam em andamento.

Fiquei observando o menino brincar com a mulher da minha vida e pensando no nosso futuro. Ela se desvencilhou da Seleção Brasileira e poderia ser minha quando quiséssemos, mas Laura estava preparando as malas para viver nos Estados Unidos, a dez horas de mim. Se eu pudesse, a levaria de volta para o Bastião, para onde iríamos juntos e de mãos dadas todos os dias, porque aquele clube nunca veria problema no nosso amor. Mas as escolhas profissionais eram dela, e eu apoiaria todas.

Me levantei da areia, onde estava sentado, para buscar outra cerveja. Porém, fui atingido na perna, no meio do caminho, por um flechinha. Se Thomas decidisse ir para o futebol, ele certamente seria um ponta veloz como o Bruno Henrique, do Flamengo, que quando toca a bola na frente ninguém mais pega. Mas, se eu fosse o pai dele, colocaria o moleque para treinar atletismo. Era o próximo Usain Bolt, sem dúvidas.

— Tio Adriano, vamos apostar corrida daqui até...

— Ei, Tom, vem com a tia lá dentro. Vamos trocar essa camisa, que você sujou toda — chamou Thelma, pegando o menino pela mão.

Nem tive tempo de responder, mas tudo bem. Eu não teria mesmo disposição para correr nem dez centímetros. Chegando ao tonel de bebidas, tirei um garrafa de dentro dele. Mas a mão de alguém se apossou dela. Virei o rosto para a direita na hora, pronto para reclamar, porém o que eu tinha a dizer morreu quando vi quem era.

— Pega outra para você e vem comigo — pediu Laura, esboçando um sorriso misterioso.

Como o cachorrinho obediente que eu era, fiz exatamente isso. Entrelacei a mão na dela e segui sua liderança até um ponto da praia em que o som não estava tão alto. Laura usava um *cropped* branco de alcinhas fininhas, com um decote lindo, que deixava seus seios a pura tentação e formava um X em seu tronco perfeito. Nas pernas, eu não sabia muito bem o que era aquilo, mas parecia uma calcinha muito grande ou um short muito curto por baixo, e uma saia transparente com uma fenda. Seja lá o que fosse, eu esperava ver todas aquelas peças brancas no chão do meu quarto naquela noite.

Ela indicou para eu me sentar na areia, acomodando-se entre as minhas pernas, colocando suas costas no meu peito. Dei uma rápida olhada para onde a multidão estava reunida. Todos os convidados da festa nos veriam juntos e eu não me importava, mas pelo visto ela também não, o que me surpreendeu um pouco.

— Desculpa te deixar sozinho esse tempo todo. Te convidei para vir, porém não consegui te dar atenção até agora.

— Você estava ocupada — respondi, dando de ombros. — E agora está aqui nos meus braços, que é o que realmente importa.

Ela concordou, o sorriso ainda brincando em sua boca carnuda.

— Adri, lembra aquela conversa sobre nós que eu te pedi para adiar?

— Lembro, é claro. — Um calafrio percorreu meu corpo, sentindo que a hora estava chegando.

— Podemos falar disso agora? Quantas você já bebeu?

Não havia dúvidas. Se eu estivesse bêbado, me jogaria no mar até o efeito passar, mas não era o caso.

— Essa é a segunda. E eu estou mais do que pronto.

Ela se virou no lugar, manobrando até suas pernas estarem sobre as minhas. Puxei-a pela bunda para se sentar direito no meu colo, sentindo seus braços enlaçarem meu pescoço.

— Vou ficar seis meses na UCLA, apenas. Dia 2 de julho eu volto. Estou negociando uma posição nos esportes olímpicos do Bastião.

Encarei seu rosto, tentando entender exatamente o que ela estava me dizendo. Muitas informações de uma vez. Seis meses, 2 de julho, Bastião.

— Esportes olímpicos? — soltei, pois era a única coisa que eu queria mesmo saber. Futebol só era considerado olímpico para atletas abaixo de

23 anos. Eu já tinha 31. Embora algumas exceções fossem feitas, eu negaria qualquer convocação, se fosse o caso.

— Sim, a princípio no vôlei, mas talvez eu atenda outras modalidades. Estamos negociando. — Deu de ombros. — Talvez eu venha da UCLA nos feriados também, como Carnaval e Páscoa, mas para o dia 2 já está confirmado o meu retorno. A passagem está até comprada. Será que…

— Sim — interrompi, sem nem esperar para ouvir a proposta. — Sim, eu te espero. Sim, a gente consegue fazer funcionar. Sim, meu dengo, sim.

Ela jogou a cabeça para trás, com uma gargalhada, o que expôs seu pescoço para mim. Ah, foda-se.

Beijei sua garganta, inalando seu cheiro doce diretamente da pele e sentindo meu pau endurecer por toda a situação. Já estava meio complicado pela nossa posição, naquele momento então… Risonha, Laura tocou no meu rosto, até conseguir me fazer olhar para ela de novo.

— E você está pronto para tornar público o que temos? Porque não quero que a gente tenha que se esconder, amor.

— Eu vou aguentar o que for pra ficar com você, Laura. Mas só se você estiver confortável com o fato de as pessoas descobrirem, porque sabemos que é em você que as críticas serão mais fortes.

— Eu tenho um plano para contar ao mundo e sumir das redes sociais logo em seguida. Posso te contar tudo em detalhes, mas não pode ser aqui.

— Não? — Olhei para ela em dúvida. O que poderia ser impedimento?

— Não… — disse, reticente, e passou o nariz pela minha bochecha. Com a boca no pé do meu ouvido, continuou: — Vai ter que ser lá no meu quarto, quando eu estiver nua ao seu lado, depois que você me fizer ver estrelas.

Puta que pariu, mulher.

— Acho que a gente precisa subir, então, porque mal posso esperar para ouvir esse plano em detalhes.

Rindo, sua boca pairou sobre a minha.

— Bem que eu pensei que você estaria mesmo ansioso para isso. — E se mexeu no meu colo, mostrando que a evidência do meu querer tinha motivado aquele plano. — Mas antes me beija, Adri.

— Não precisa nem pedir duas vezes.

Nossos lábios se chocaram, trazendo à tona toda a paixão que há tempos estava sendo refreada. E mais uma vez eu caí… caí na rede da mulher dos meus sonhos, envolvido por ela. E quando a bola cai na rede, todo mundo sabe… É GOL, PORRA! O gol mais importante da minha carreira.

PLAYLIST

1. Te esperando - Luan Santana
2. Intere$$Eira - Luísa Sonza
3. Fulminante - Mumuzinho
4. Me sinto abençoado - MC Poze do Rodo feat Filipe Ret
5. Ela une todas as coisas - Jorge Vercillo
6. Baby girl - Chloe & Halle
7. Jogadeira - Cacau Fernandes
8. Amor e mais - Blacci e Vitão
9. Left and right - Charlie Puth e Jung Kook
10. My you - Jung Kook
11. Dengo - Anavitória
12. Céu azul - Charlie Brown Jr

Ouça no Spotify:

AGRADECIMENTOS

Eu tenho muita dificuldade para escrever agradecimentos, mas não podia deixar isto passar. Primeiro porque queria agradecer ao Marlon, que me mandou um meme sobre livros relacionados à Copa do Mundo no início do ano e perguntou "já começou a escrever o seu?". Amigo, obrigada por ser quem é, por acreditar em mim e por sempre me incentivar. Espero que você tenha gostado da história.

Agradeço às minhas betas, que acompanharam o processo todinho do livro e, como sempre, me ajudaram a deixar esta história melhor do que ela poderia ser.

Obrigada, Roberta e Anastacia, por sempre acreditarem em mim.

Obrigada a todas as meninas que estavam comigo na Bienal de SP, que me viram escrever o livro e respondiam minhas perguntas aleatórias do nada.

E obrigada a você que lê meus livros, porque me incentiva a não parar de escrever. Que a gente possa se encontrar em muitas outras histórias.

Beijos,
Carol Dias.

A The Gift Box é uma editora brasileira, com publicações de autores nacionais e estrangeiros, que surgiu no mercado em janeiro de 2018. Nossos livros estão sempre entre os mais vendidos da Amazon e já receberam diversos destaques em blogs literários e na própria Amazon.

Somos uma empresa jovem, cheia de energia e paixão pela literatura de romance e queremos incentivar cada vez mais a leitura e o crescimento de nossos autores e parceiros.

Acompanhe a The Gift Box nas redes sociais para ficar por dentro de todas as novidades.

 www.thegiftboxbr.com

 /thegiftboxbr.com

 @thegiftboxbr

 @GiftBoxEditora

Impressão e acabamento

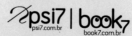